U0034898

越南七桃
lóng 毋驚

越台中
Việt Đài Trung

3 語手比冊

Tiếng Trong Tầm Tay

Point-and-Speak Phrasebook
in Vietnamese, Taiwanese and Chinese

主編　蔣為文 (TƯỞNG VI VĂN)

增修 + 放大版

亞細亞國際傳播社
Asian A-tsiu International

越南七桃 lóng毋驚
越台中
Việt Đài Trung
3 語手比冊
Tiếng Trong Tầm Tay

**Point-and-Speak Phrasebook
in Vietnamese, Taiwanese and Chinese**

增修 ➕ 放大版

越南七桃 lóng毋驚：越台中三語手比冊/蔣為文主編. --
臺南市：亞細亞國際傳播，2018.09
　　　面；　　公分
越臺中對照
ISBN 978-986-94479-4-2（平裝）

1.越南語 2.旅遊 3.讀本
803.798　　107014983

Tác giả: Tưởng Vi Văn

Biên tập: Lù Việt Hùng, Trần Lý Dương

主 編/ 蔣為文

編 輯/ 呂越雄・陳理揚

校 對/ 蔡氏清水・盧佩芊・范玉翠薇・阮翠薇

策 劃/ 社團法人台越文化協會
　　　　國立成功大學台灣語文測驗中心
　　　　國立成功大學越南研究中心

出版/ 亞細亞國際傳播社

地址/ 704-42 台南市北區開元路517號7F-6

劃撥/ 31572187 亞細亞國際傳播社

網址/ www.atsiu.com

Email/ asian.atsiu@gmail.com

電話/ 06-2349881

傳真/ 06-2094659

PChome ONLINE
商店街!
海翁起動

越南字母發音

越南字母(chữ Quốc ngữ)源自17世紀ê越南教會羅馬字,這套字母kap台灣字真sêng。台灣字就是俗稱ê白話字(Pėh-oē-jī),源自19世紀後半期ê台灣教會羅馬字。會曉台灣字ê人beh學越南字會ke真簡單koh緊。

關係越南字kap台灣字ê發音詳細說明kap比較,請讀者參考ē-kha ê冊目:

- 蔣為文2006《牽手學台語、越南語》
  台南 / 國立成功大學

- 蔣為文2017《越南魂:語言、文字與反霸權》
  台南 / 亞細亞國際傳播社

若beh了解khah chē越南語文kap歷史文化,請參閱ē-kha ê網站:

蔣為文研究論文
http://uibun.twl.ncku.edu.tw/download/index.htm

國立成功大學越南研究中心
http://cvs.twl.ncku.edu.tw

國立成功大學越南語圖書收藏計畫
http://cvs.twl.ncku.edu.tw/library/index.php

社團法人台越文化協會
http://taioat.de-han.org

越南語言文化研究
http://www.de-han.org/vietnam/index.htm

 本書附贈線上真人發音版
http://ebook.de-han.org/online

南字母發音 <母音>

越南字	台灣字	IPA	ㄅㄆㄇ	條 件	實 例
a	短a	/a/	短ㄚ	後壁若接y, u	tay 手
	a	/a/	ㄚ	其他任何情形	ta 咱
ă	短a	/a/	短ㄚ		ăn 食
â	短o	/ɤ̆/	短ㄜ		thấy 看
i	i	/i/	ㄧ		khi 當
y				主要用tī漢越詞	đồng ý 同意
u	u	/u/	ㄨ		cũ 舊
ư	扁嘴u	/ɯ/	扁嘴ㄨ		từ 詞
ê	e	/e/	ㄝ		ghế 椅仔
e	闊嘴e	/ɛ/	闊嘴ㄝ		em 少年
ô	oˑ	/o/	ㄛ		cô 姑
o	闊嘴oˑ	/ɔ/	闊嘴ㄛ		co 收縮
ơ	o	/ɤ/	ㄜ		thơ 詩
iê	ie	[i‿e]	ㄧㄝ	其他任何情形	tiên 仙
yê	ie		ㄧㄝ	頭前若接 /ʔ/或者介音/w/	yêu 恰意 truyện 故事
ia	io	[i‿ə]	ㄧㄜ	若無 介音/w/ kap韻尾	bia *bih-luh* ia 放屎
ya	io		ㄧㄜ	頭前若接/w/而且後壁無韻尾	khuya 暗暝
uô	uoˑ	[u‿o]	ㄨㄛ	其他任何情形	chuông 鐘
ua	uo	[u‿ə]	ㄨㄜ	後壁無韻尾	vua 國王

越南字	台灣字	IPA	ㄅㄆㄇ	條 件	實 例
ươ	扁嘴 uo	[ɯˍɤ]	扁嘴 ㄨㄜ	其他任何情形	được 會當
ưa	扁嘴 uo	[ɯˍə]	扁嘴 ㄨㄜ	後壁無韻尾	mưa 落雨

越南字母發音 <子音>

越南字	台灣字	IPA	ㄅㄆㄇ	條 件	實 例
đ	l	/d/	濁音ㄉ"		đi 去
t	t	/t/	ㄉ		tôi 我
th	th	/tʰ/	ㄊ		thu 秋
ch	類似ch	/c/	類似ㄗ		cho 被,h…
tr	捲舌ch	/tʂ/	類似ㄓ	方言差	trồng 種
b	b	/b/	濁音ㄅ"		ba 三
p	p	/p/	ㄅ		pin 電池
ph	無	/f/	ㄈ		pháp 法
d	j		無捲舌 ㄖ	無規則	da 皮
gi	j	/z/	無捲舌 ㄖ	無規則 （主要用 tī 漢越詞）	gia 家
g	j		無捲舌 ㄖ	後壁若接 i	gì 啥物
	g	/ɣ/	濁音ㄍ"	其他任何情形	gà 雞仔
gh	g		濁音ㄍ"	後壁若接 i, e, ê	ghi 紀錄
k	k	/k/	ㄍ	後壁若接 i, y, e, ê,	kê 雞
q				後壁若接介音/w/	quả 果籽
c				其他任何情形	cá 魚仔

基本發音

禮貌用語

會 嗎？

人稱代詞

機 場

自我介紹

旅 館

交通工具

旅遊景點

餐 廳

越南料理

飲 品

問 路

購 物

買水果

換 錢

數字與單位

娛 樂

生 病

交友與結婚

緊 急

越南字	台灣字	IPA	ㄅㄆㄇ	條 件	實 例
kh	類似h	/x/	類似ㄏ		khó 難
h	h	/h/	ㄏ		hỏi 問
v	無	/v/	無		về 轉去
r	類似j	/z̴/	類似ㄖ	方言差	ra 出去
l	l	/l/	ㄌ		là 是
x	s	/s/	ㄙ		xa 遠
s	捲舌s	/ʂ/	ㄕ	方言差	so 比較
m	m	/m/	ㄇ		mẹ 阿母
n	n	/n/	類似ㄋ		nam 男
nh	類似ng	/ɲ/	類似ㄥ		nhớ 思念
ngh	ng	/ŋ/	類似ㄥ	後壁若接 i, e, ê	nghi 歇睏
ng	ng		類似ㄥ	其他任何情形	ngọc 玉

越南話ê聲調

越南聲調名稱	ngang	huyền	hỏi	ngã	sắc		nặng	
越南聲調符號	無	＼	?	～	／		.	
五音階 ê 調值	33	21	313	435	35	5	3	3
IPA ê 調值	⊣	⏌	⎵	⏋	⎿	⎸	⎾	⎾
註解						ptcch 文字 收尾		ptcch 文字 收尾
類似 ê 台語聲調	1	3	5	無	9	8	3或4	4

台語聲調分別是

1. 君　　　2. 滾　　　3. 棍　　　4. 骨　　　5. 裙

6. 滾　　　7. 近　　　8. 滑　　　9. "紅"紅紅

Ki-pún Hoat-im

Lé-māu Iōng-gí

Ē-hiáu--bô?

Jîn-chheng Tāi-miâ-sû

Ki-tiûⁿ

Chū-ngó͘ Siāu-kài

Lú-siā

Kau-thong Kang-kū

Bûn-hoà lú-lám Tē-khu

Chhan-thiaⁿ

Oát-lâm Liāu-lí

Ím-liāu

Mñg-lō͘

Bé Mih-kiāⁿ

Bé Koé-chí

Oāⁿ-chîⁿ

Sò-jī kap Tan-uī

Gō͘-lòk

Phoà-pēⁿ

Kau Pêng-iú kap Kiat-hun

Kín-kip

台灣字母發音 | Phát âm tiếng Đài Loan

Nguyên âm tiếng Đài tương ứng với chữ Quốc ngữ (CQN)

chữ Đài	CQN	IPA	Vị trí	Ví dụ Đài 'Việt'
a	a	/a/		ta 'khô'
i	i	/i/		ti 'lợn'
u	u	/u/		tú 'gặp'
e	ê	/e/		tê 'chè'
o͘	ô	/o/		o͘ 'đen'
o	ơ	/ə/	các vị trí	to 'dao'
	ô	/o/	đứng trước các âm cuối, trừ âm **h**	tong 'đông' kok 'quốc'

So sánh thanh điệu tiếng Đài với thanh điệu tiếng Việt

Loại	君 ngài	滾 sôi	棍 gậy	骨 xương	裙 váy	-	近 gần	滑 trượ
Loại thanh điệu bằng số	1	2	3	4	5	6	7	8
Thanh điệu trong chữ Đài	không	/	\	không	∧		—	|
Ví dụ trong chữ Đài	kun	kún	kùn	kut	kûn		kūn	kùt
Giá trị thanh điệu trong IPA	˦	˥	˩	˙	˧˥		˧	˙
Thanh điệu tương ứng trong CQN	ngang	huyền (cao)	huyền	nặng	hỏi		ngang (thấp)	sắc (ngã)

hụ âm tiếng Đài tương ứng với CQN

chữ Đài	CQN	IPA	Vị trí	Ví dụ Đài 'Việt'
b	b	/b/	chỉ đứng đầu	bûn 'văn'
p	p	/p/		pí 'so sánh'
ph	không*	/pʰ/	chỉ đứng đầu	phoe 'thư'
l	đ	[d]	các vị trí khác	lí 'anh, chị..'
	l	[l]	đứng trước a	lâi 'đến'
t	t	/t/		tê 'chè'
th	th	/tʰ/	chỉ đứng đầu	thâi 'chém'
g	gh	/g/	chỉ đứng đầu	gí 'ngôn ngữ'
k	k , c , q	/k/		ka 'cộng'
kh	kh	/kʰ/	chỉ đứng đầu	kha 'bàn chân'
h	h	[h]	chỉ đứng đầu	hí 'vui'
	không	[ʔ]	chỉ đứng cuối	ah 'con vịt'
s	x	/s/	chỉ đứng đầu	sì 'bốn'
ch	ch	/ts/	chỉ đứng đầu	chi 'của'
chh	không	/tsʰ/	chỉ đứng đầu	chha 'khác'
j	d	/dz/	chỉ đứng đầu	jit 'mặt trời'
m	m	[m]		mī 'mỳ'
	không	[m̩]	âm tiết hoá	m̄ 'không'
n	n	/n/		ni 'sữa'
ng	ng	[ŋ]		âng 'đỏ'
	không	[ŋ]	âm tiết hoá	ng 'vàng'

* có nghĩa là không có ký hiệu.

CÁC CÂU NÓI LỊCH SỰ

1 禮貌用語

LÉ-MĀU IŌNG-GÍ

⭐ **Xin chào !**

- 你 好
- Lí hó !

⭐ **Xin lỗi.**

- 對不起
- Sit-lé / Pháiⁿ-sè.

⭐ **Không sao.**

- 沒關係
- Bô iàu-kín.

⭐ **Cảm ơn.**

- 謝 謝
- Ló-la̍t / Kám-siā / To-siā .

⭐ **Không có gì.**

- 不用客氣/沒什麼
- Bián kheh-khì / Bô siáⁿ-mi̍h.

⭐ **Làm ơn giúp tôi.**

- 麻煩您幫個忙
- Mâ-hoân kā goá tàu saⁿ-kāng--chi̍t-ê.

⭐ **Xin lỗi vì đã làm phiền.**

- 不好意思，打擾您了 / 麻煩您了
- Pháiⁿ-sè, kā lí chak-chō / mâ-hoân.

⭐ **Cảm ơn, tôi tự làm được.**
- 謝謝您，我自己來
- To-siā lí, goá ka-tī lâi tiỏh hó.

⭐ **Rất vui được biết** | anh | **.**
| chị |
- 很高興認識您
- Chin hoaⁿ-hí sėk-sāi lí.

⭐ **Thế thì tốt quá !**
- 這樣太好了
- Án-ne chin hó !

⭐ **Tôi thật sự cảm động !**
- 我真的很感動
- Goá chin kám-tōng !

⭐ **Việt Nam thật đẹp !**
- 越南真漂亮
- Oát-lâm chin súi !

⭐ **Người Việt Nam thật mến khách.**
- 越南人真好客
- Oát-lâm-lâng chin hòⁿ-kheh.

⭐ **Người Đài Loan thật nhiệt tình.**
- 台灣人真熱情
- Tâi-oân-lâng chin jiát-chêng.

⭐ **Đi cẩn thận nhé !**
- 路上小心
- Sūn-kiâⁿ !

⭐ **Bạn thật tốt bụng .**
- 你真善良
- Lí chin siān-liông .

▲ Từ thay thế | 替換詞 | Gí-sû thè-oāⁿ

| chu đáo | 貼心 tah-sim | vui tính | 開朗 hó-tàu-tīn |

★ **Chúc may mắn** .

· 祝你幸運　　　· Chiok lí hó-ūn .

▲ Từ thay thế｜替換詞｜Gí-sû thè-oāⁿ

thuận lợi	順利	sūn-lī
thành công	成功	sêng-kong
sức khỏe	健康	kiān-khong
bình an	平安	pêng-an
hạnh phúc	幸福	hēng-hok
vui vẻ	開心	hoaⁿ-hí

★ **Nhớ gửi bưu thiếp cho tôi.**

· 記得寄明信片給我

· Ài ē-kì--tit kià bêng-sìn-phìⁿ hō͘ goá.

★ **Đừng quên gửi bưu thiếp cho tôi.**

· 別忘記寄明信片給我

· Mài bē-kì--tit kià bêng-sìn-phìⁿ hō͘ goá.

▲ Từ thay thế｜替換詞｜Gí-sû thè-oāⁿ

thư	信	phoe	ảnh	照片	siòng-phìⁿ

★ **Rất mong sớm gặp lại bạn !**

· 希望早日再見面

· Hi-bāng chá 1 kang ē-tàng saⁿ kìⁿ !

Từ bổ sung │ **補充詞** │ Gí-sû pó-chhiong

tạm biệt.	再 見	chài-hoē
hẹn gặp lại.	再 見 (分開較久)	chài-hoē (hun-khui khah kú)

Memo

2 CÓ BIẾT KHÔNG?
會 嗎
Ē-HIÁU--BÔ?

⭐ **Q: Bạn có biết** tiếng Việt **không ?**

· 你會越南語嗎 ？

· Lí kám ē-hiáu Oa̍t-lâm-gí ?

▲ Từ thay thế │ 替換詞 │ Gí-sû thè-oāⁿ

tiếng Đài Loan	台 語	Tâi-gí
tiếng Hakka	客 語	Kheh-gí
tiếng Nhật	日 語	Ji̍t-gí
tiếng Anh	英 語	Eng-gí
tiếng Pháp	法 語	Hoat-gí
tiếng Hoa	華 語	Hoâ-gí

⭐ **Y1: Có.**

· 會 · Ē-hiáu.

⭐ **Y2: Có, tôi biết .**

· 會，我會 · Ē, goá ē-hiáu.

⭐ **Y3: Có, tôi chỉ biết một chút thôi.**

· 會，我只會一點點

· Goá kan-taⁿ ē-hiáu chi̍t-sut-sut-á.

⭐ **N1: Không.**
- 不會
- Bē-hiáu.

⭐ **N2: Xin lỗi, tôi không biết.**
- 不好意思，我不會
- Pháiⁿ-sè, goá bē-hiáu.

⭐ **N3: Xin lỗi, tôi không hiểu.**
- 不好意思，我不懂
- Pháiⁿ-sè, goá m̄-bat.

⭐ **Bạn nói chậm một chút.**
- 請你說慢一點
- Chhiáⁿ lí kóng khah bān--ê.

⭐ **Làm ơn, nói lại một lần nữa.**
- 請你再說一次
- Chhiáⁿ lí koh kóng chi̍t-pái.

CÓ ĐƯỢC KHÔNG ?
可以嗎 ?
Ē-sái--bô ?

⭐ **Q: Hút thuốc có được không ?**
- 可以抽菸嗎
- Ē-sái chia̍h hun bô ?

▲ Từ thay thế │ 替換詞 │ Gí-sû thè-oāⁿ

| chụp ảnh 拍照 hip-siōng | quay phim 攝影 liap-iáⁿ |

⭐ **Y: Được.**
- 可以
- Ē-sái.

⭐ **N: Không.**
- 不可以
- Bē-sái.

ĐẠI TỪ NHÂN XƯNG
3
人稱代詞
JÎN-CHHENG TĀI-MIÂ-SÛ

越南語 ê 人稱代名詞非常複雜

台語 ê 第1人稱 kap 第2人稱是用我kap你ê代詞來表現，m̄-koh越南語是ài根據講話ê人kap聽話ê人ê輩份、關係來選用適合ê人稱代名詞。

上安全ê第1人稱是Tôi，但是聽起來較有距離、較無親切。

第3人稱：第2人稱 ➕ áy

人稱代名詞若用毋對去，對方可能會聽無你ê意思而且mā真失禮。

· ·

⭐ **Xin chào!** ⭐ **Chào** ▲ (đại từ nhân xưng)

· 你好 · ▲ ，你好／再見

· Lí hó! · ▲ ，lí hó! / chài-hoē

圖表說明

中央是家己，黃色是 第1人稱 (自稱)，綠色是第2人稱 (對方)

❗ 查埔kap查某無仝喔！

· ·

男圖表 >> >

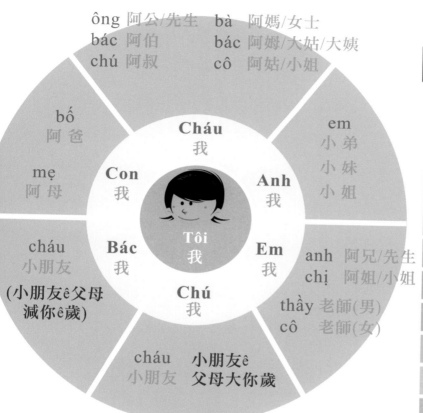

ông 阿公/先生	bà 阿媽/女士
bác 阿伯	bác 阿姆/大姑/大姨
chú 阿叔	cô 阿姑/小姐

Cháu 我

bố 阿爸

Con 我

mẹ 阿母

em 小弟 小妹 小姐

Anh 我

cháu 小朋友 (小朋友ê父母 減你ê歲)

Bác 我

Tôi 我

Em 我

Chú 我

anh 阿兄/先生
chị 阿姐/小姐

thầy 老師(男)
cô 老師(女)

cháu 小朋友
小朋友ê 父母大你歲

■ 越 語

■ 台 語

◢ 我稱呼對方/對方自稱

我自稱/對方稱呼我
(根據對方ê 輩份關係)

女圖表 >> >

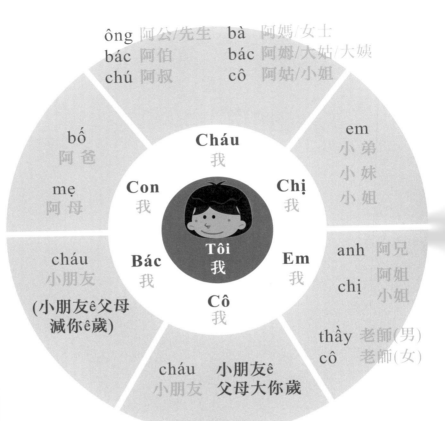

■ 越 語
■ 台 語

我稱呼對方/對方自稱

我自稱/對方稱呼我
(根據對方ê 輩份關係)

親屬關係圖表 >> >

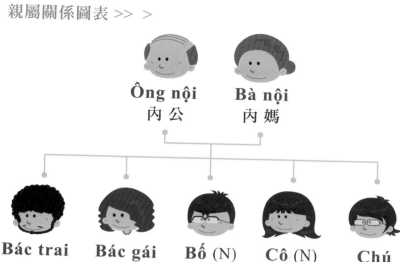

Ông nội
內 公

Bà nội
內 媽

Bác trai
阿 伯
(比阿爸卡大漢)

Bác gái
阿 姑

Bố (N)
Ba (S)
阿 爸

Cô (N)
Dì (S)
阿 姑

Chú
阿 叔
(比阿爸卡細漢)

Ông ngoại
外 公

Bà ngoại
外 媽

Bác trai
阿 舅
(比阿母卡大漢)

Bác gái
阿 姨

Mẹ (N)
Má (S)
阿 母

Dì
阿 姨
(比阿母卡細漢)

Cậu
阿 舅

親屬關係圖表 >> >

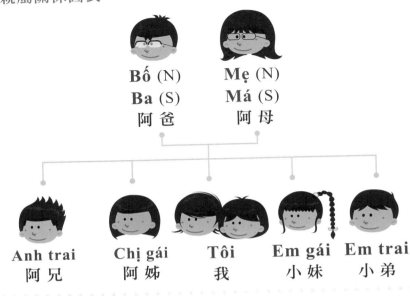

Bố (N)　　**Mẹ** (N)
Ba (S)　　**Má** (S)
阿爸　　　阿母

Anh trai　**Chị gái**　**Tôi**　**Em gái**　**Em trai**
阿兄　　　阿姊　　　我　　　小妹　　　小弟

Anh họ 表/堂 兄弟
(父母比我的父母卡大漢)

Tôi 我

Em họ 表/堂 兄弟
　　　　 表/堂 姊妹

Chị họ 表/堂 姊妹

(父母比我的父母卡細漢)　　　(父母比我的父母卡大漢)

❗ Tī越南是用父母ê輩分來論表/堂兄弟/姊妹關係，無論年紀。

Memo

4 Ở SÂN BAY
機場
KI-TIÛⁿ

Nhập cảnh │ 入境 │ Jip-kéng

1 入境手續 >

在外國人專用櫃檯的紅色線條前排隊，持護
照、簽證及登機證讓海關人員檢查

Jip-kéng chhiú-sio̍k: tī goā-kok-lâng choan-
iōng ê âng soàⁿ thâu-chêng pâi-tūi, the̍h hō͘-
chiàu chhiam-chèng kap teng-ki-chèng hō͘ hái-
koan jîn-oân kiám-cha.

2 領行李 >

請看螢幕顯示的班機號碼及領行李的位置編號

Niá hêng-lí: chhiáⁿ khòaⁿ gîn-bō͘ hián-sī ê pan-
ki hō-bé kap niá hêng-lí ê só͘-chāi pian-hō.

⭐ **Nhận hành lý chuyến bay_____(số chuyến
bay) ở đâu ạ ?**

· 在哪裡領_____(班機號碼) 的行李

· Tī tó-ūi niá_____(pan-ki hō-bé) ê hêng-lí ?

⭐ **Xin lỗi, hành lý của tôi bị mất.**

· 不好意思，我的行李遺失了

· Pháiⁿ-sè, goá ê hêng-lí phah-bô--khì ah.

⭐ **Cho tôi xem phiếu nhận hành lý.**
- 麻煩給我您的行李票根
- Chhiáⁿ hō͘ goá hêng-lí ê phiò-kin.

⭐ **Xin mời đi theo tôi.**
- 請跟我來
- Chhiáⁿ toè goá lâi.

⭐ **Hành lý của** anh / chị **có đặc điểm gì?**
- <u>您</u>的行李有什麼特徵
- <u>Lí</u> ê hêng-lí seⁿ chò siáⁿ khoán?

⭐ **Hành lý của tôi là vali vuông, màu đen.**
- 我的行李是一個方形、黑色的行李箱
- Goá ê hêng-lí sī chi̍t-ê sì-kak-hêng, o͘-sek ê hêng-lí-siuⁿ.

⭐ **Hành lý của tôi là túi xách tay, màu đỏ.**
- 我的行李是<u>紅色</u>的手提袋
- Goá ê hêng-lí sī <u>âng-sek</u> ê tē-á.

⭐ **Hành lý của tôi là ba-lô, màu vàng.**
- 我的行李是<u>黃色</u>背包
- Goá ê hêng-lí sī <u>n̂g-sek</u> ê phāiⁿ-á.

⭐ **Trên hành lý có phiếu ghi tên và số điện thoại của tôi.**
- 行李上掛著標籤，裡面寫我的名字和電話
- Hêng-lí téng-bīn tiàu 1 ê pâi-á, ū siá goá ê miâ kap tiān-oē.

★ **Nếu tìm thấy, xin gửi đến khách sạn cho tôi ngay.**

- 如果找到請盡快送到飯店給我
- Nā-sī ū chhōe--tioh, chhiaⁿ sàng-lâi pn̄g-tiàm hō͘ goá.

Nhập cảnh │ 入 境 │ Jip-kéng

3 檢查行李 >

Kiám-cha hêng-lí

· ·

★ **Xin mời mở vali ra để chúng tôi kiểm tra.**

- 麻煩您打開行李箱讓我們檢查
- Mâ-hoân lí phah-khui hêng-lí hō͘ goán kiám-cha.

★ **Cái này không được phép nhập khẩu.**

- 這個不能入境
- Chit-ê bē-sái jip-kéng.

★ Anh / Chị **có gì phải khai báo không ?**

- 您有什麼要申報嗎
- Lí ū siáⁿ-mih ài sin-pò--bô ?

★ **Cái này phải khai báo.**

- 這個要申報   · Chit-ê ài sin-pò.

★ **Cái này phải đóng thuế nhập khẩu.**

- 這個必須繳進口稅   · Chit-ê ài lap chìn-kháu-so

Từ bổ sung │ 補充詞 │ Gí-sû pó-chhiong

hǎi quan 海 關 hái-koan	kiểm dịch 檢 疫 kiám-e̍k
an ninh 警 衛 kéng-ūi	vali 行李箱 hêng-lí-siuⁿ
ba-lô 背 包 phāiⁿ-á	
hộp xốp 保麗龍盒 a̍p-á	
túi xách tay 手提袋 chhiú-koāⁿ-tē-á	
hộp các-tông 紙 箱 chóa-siuⁿ-á	
hàng cấm 禁止攜帶的物品 kìm-chí chah ê mih-kiāⁿ	
hàng miễn thuế 免稅商品 bián-soè siong-phín	

基本發音

禮貌用語

會 嗎？

人稱代詞

機 場

自我介紹

旅 館

交通工具

旅遊景點

餐 廳

越南料理

飲 品

問 路

購 物

買水果

換 錢

數字與單位

娛 樂

生 病

交友與結婚

緊 急

Xuất cảnh │ 出 境 │ Chhut-kéng

提醒您 >

🔸 **2 ngày trước khi bay phải gọi điện thoại xác nhận đặt chỗ.**

起飛前兩天，必須先打電話到航空公司確認訂位

Hui-ki khí-poe ê chêng 2 kang, ài koh khà tiān-oē kap hâng-khong kong-si khak-jīn tēng-ūi.

··

🔸 **Xin hỏi, quầy làm thủ tục đi** | Cao Hùng / Đài Bắc | **ở đâu ạ?**

· 請問辦理飛 | 高 雄 / 台 北 | 的服務櫃檯在哪裡

· Chhiáⁿ-mñg, poe | Ko-hiông / Tâi-pak | ê ho̍k-bū kūi-tâi tī tó-ūi ?

Ki-pún
Hoat-im

Lé-māu
Iōng-gí

Ē-hiáu--bô?

Jîn-chheng
Tāi-miâ-sû

Ki-tiûⁿ

Chū-ngó͘
Siāu-kài

Lú-siā

Kau-thong
Kang-kū

Bûn-hoà Iû-
lám Tē-khu

Chhan-thiaⁿ

Oát-lâm
Liâu-lí

Ím-liāu

Mn̂g-lō͘

Bé Mi̍h-kiāⁿ

Bé Koé-chí

Oāⁿ-chîⁿ

So͘-jī kap
Tan-uī

Gô͘-lo̍k

Phoà-pēⁿ

Kau Pêng-iú
kap Kiat-hun

Kín-kip

Xuất cảnh | 出境 | Chhut-kéng

1 Check-in

持護照、機票辦理劃位手續

Theh hō͘-chiàu kap ki-phiò pān-lí check-in ê chhiú-sio̍k.

☆ **Tôi muốn ngồi ở**

| cạnh cửa sổ |
| cạnh lối đi |
| gần cửa thoát hiểm |

· 我想坐在

| 靠窗 |
| 靠走道 |
| 近逃生門 |

· Goá siūⁿ beh chē tī

| oá thang-á-mn̂g |
| oá thong-tō |
| kīn kín-kip-mn̂g |

2 Làm thủ tục xuất cảnh.

辦理出境手續

Pān-lí chhut-kéng chhiú-sio̍k.

3 Kiểm tra hành lý xách tay.

檢查手提行李

Kiám-cha chhiú-kōaⁿ hêng-lí.

4 Vào phòng chờ.

進去候機室　　Ji̍p-khì hāu-ki-sek.

Mua hàng miễn thuế.

購買免稅商品　　Bé bián-soè ê siong-phín.

⑤ Lên máy bay.

登 機　　　Teng-ki.

Từ bổ sung ｜ 補充詞 ｜ Gí-sû pó-chhiong

hành khách	旅 客	lú-kheh
quốc tế	國 際	kok-chè
nội địa	國 內	kok-lāi
hãng hàng không	航空公司	hâng-khong kong-si
giờ cất cánh	起飛時間	khí-poe sî-kan
giờ hạ cánh	下降時間	hā-kàng sî-kan
hành lý xách tay	手提行李	chhiú-koāⁿ hêng-lí
cửa hàng miễn thuế	免税商店	bián-soè tiàm-thâu
nơi nộp phí hành lý quá cân 行李超重繳費處 hêng-lí chhiau-tāng kiáu-hùi chhù		
nơi bán vé giờ chót 後補機票售票櫃台 hāu-pó ki-phiò siū-phiò kūi-tâi		

基本發音

禮貌用語

會 嗎？

人稱代詞

機 場

自我介紹

旅 館

交通工具

旅遊景點

餐 廳

越南料理

飲 品

問 路

購 物

買水果

換 錢

數字與單位

娛 樂

生 病

交友與結婚

緊 急

Bảng đối chiếu từ vựng
機場常用語詞對照表 │ Ki-tiûⁿ siông-iōng gí-sû tùi-chiàu-pió

English	Tiếng Việt	中文	Tâi-gí
exit	xuất cảnh	出境	chhut-kéng
immigration	nhập cảnh	入境	jip-kéng
delay	chậm chuyến	誤點	bān-hun
on-time	đúng giờ	準點	chún-sî
trolley	xe đẩy	推車	sak-chhia
custom	hải quan	海關	hái-koan
departure	khởi hành	起飛	khí-poe
arrival	đến	抵達	kàu-ūi
boarding pass	cuống vé	登機證	teng-ki-chèng
now boarding	đang cho hành khách lên máy bay	開始登機	khai-sí chiūⁿ hui-ki
boarding soon	sắp cho hành khách lên máy bay	即將登機	teh beh chiūⁿ hui-ki
check-in desk	quầy làm thủ tục	服務櫃檯	hok-bū kūi-tâi
go to gate	đến cửa lên máy bay	到登機門	kàu teng-ki-mñg
final call	thông báo cuối cùng	最後通知	chòe-āu thong-ti

Memo

Ki-pún
Hoat-im

Lé-māu
Iōng-gí

Ē-hiáu--bô?

Jîn-chheng
Tāi-miâ-sù

Ki-tiûⁿ

Chū-ngó
Siāu-kài

Lú-siā

Kau-thong
Kang-kū

Bûn-hoà Iû-
lám Tē-khu

Chhan-thiaⁿ

Oat-lâm
Liâu-lí

Ím-liāu

Mn̄g-lō

Bé Mih-kiāⁿ

Bé Koé-chí

Oāⁿ-chîⁿ

Sò·-jī kap
Tan-uī

Gô·-lók

Phoà-pēⁿ

Kau Pêng-iú
kap Kiat-hun

Kín-kip

5 TỰ GIỚI THIỆU
自我介紹
CHŪ-NGÓ SIĀU-KÀI

⭐ **Tôi tên là** <u>Văn</u> .

· 我叫 <u>阿文</u>

· Goá sī <u>A-bûn</u> .

⭐ **Tôi là người** <u>Đài Loan</u> .

· 我是 台灣 人

· Goá sī Tâi-oân lâng.

⭐ **Tôi không phải là** người Tàu .

· 我不是 中國 人

· Goá m̄-sī Tiong-kok lâng.

⭐ **Tôi** _____ (số) **tuổi.**

· 我 _____ (數字)歲

· Goá _____ (sò·-jī) hoè.

⭐ **Tôi là** sinh viên .

· 我是大學生

· Goá sī tāi-ha̍k-seng .

⭐ **Tôi** | chưa / đã | **kết hôn.**

· 我 | 還沒 / 已經 | 結婚   · Goá | iáu-boē / í-keng | kiat-hun.

▲ Từ thay thế｜替換詞｜Gí-sû thè-oāⁿ
▲ Tên người｜**人名**｜Lâng miâ

Hiền	阿賢	A-hiân	**Mai**	阿梅	A-mûi
Phương	阿芳	A-hong	**Nam**	阿南	A-lâm
Hùng	阿雄	A-hiông	**Hải**	阿海	A-hái

▲ Tên nước｜國家｜Kok-ka

Đài Loan	台灣	Tâi-oân	**Hàn Quốc**	韓國	Hân-kok
Nhật Bản	日本	Jit-pún	**Trung Quốc**	中國	Tiong-kok
Mỹ	美國	Bí-kok	**Tàu**	中國（舊稱）	A-soaⁿ-á
Pháp	法國	Hoat-kok	**Việt Nam**	越南	Oa̍t-lâm
Đức	德國	Tek-kok	**Nga**	俄羅斯	Lō-se-a

▲ Nghề nghiệp, chức vị｜職業、職務｜Chit-bū

bác sĩ	醫生	i-seng	**luật sư**	律師	lu̍t-su
thư ký	秘書	pì-su	**lái xe (N)**	司機	su-ki
công an	公安	kéng-chhat	**tài xế (S)**		
kỹ sư	工程師	kang-têng-su	**chủ tịch**	主席	chú-sek
y tá	護士	hō-sū	**chủ nhiệm**	主任	chú-jīm
giáo sư	教授	kàu-siū	**kế toán**	會計	kòe-kè
học sinh	中小學生	tiong-sió-ha̍k-seng			
sinh viên	大學生	tāi-ha̍k-seng			

基本發音 / 禮貌用語 / 會嗎？ / 人稱代詞 / 機場 / **自我介紹** / 旅館 / 交通工具 / 旅遊景點 / 餐廳 / 越南料理 / 飲品 / 問路 / 購物 / 買水果 / 換錢 / 數字與單位 / 娛樂 / 生病 / 交友與結婚 / 緊急

6 KHÁCH SẠN
旅 館
LÚ-SIĀ

⭐ **Q1: Có phòng đơn không ?**

· 有單人房嗎

· Ū ko͘-lâng-pâng --bô ?

▲ Từ thay thế │ 替換詞 │ Gí-sû thè-oāⁿ

phòng đôi một giường	雙人房一床 siang-lâng-pâng toaⁿ-chhñg
phòng đôi hai giường	雙人房兩床 siang-lâng-pâng siang-chhñg
phòng gia đình	家庭房 ka-têng-pâng

⭐ **Y: Có.**

· 有

· Ū.

⭐ **N: Không, hết phòng rồi.**

· 沒有，客滿了

· Bô, kheh-moá ah.

⭐ **Q2: Bao nhiêu tiền một phòng ?**

· 一間多少錢

· 1 keng goā-chē chîⁿ ?

Rẻ hơn một chút !
- 便宜一點吧
- Khah siok--ê lah !

_____ (số tiền) **có được không ?**
- 這個價錢 _____ (金額) ，可以嗎
- Chit ê kè-siàu _____ (kim-giah) , ē-sái--bô ?

Q3: Có gồm | bữa sáng / thuế | **không ?**
- 房價有含 | 早餐 / 稅 | 嗎
- Kè-siàu ū koah | chá-tǹg / soè | --bô ?

Q4: Trong phòng có wifi miễn phí **không ?**
- 房間有免費無線網路嗎
- Pâng-keng ū bián-hùi ê bô-soàⁿ bāng-lō͘ --bô ?

Từ thay thế ｜ 替換詞 ｜ Gí-sû thè-oāⁿ

cửa sổ	窗戶	thang-á
máy sấy tóc	吹風機	chhoe-hong-ki
điều hòa (N) máy lạnh (S)	冷氣	léng-khì
két sắt	保險櫃	pó-hiám-siuⁿ

Ki-pún
Hoat-im

Lé-māu
Iōng-gí

Ē-hiáu--bô?

Jîn-chheng
Tāi-miâ-sû

Ki-tiûn

Chū-ngó͘
Siāu-kài

Lú-siā

Kau-thong
Kang-kū

Bûn-hoà Iû-
lám Tē-khu

Chhan-thiaⁿ

Oa̍t-lâm
Liāu-lí

Ím-liāu

Mn̄g-lō͘

Bé Mi̍h-kiāⁿ

Bé Koé-chí

Oāⁿ-chîⁿ

Sò͘-jī kap
Tan-uī

Gô-lo̍k

Phoà-pēⁿ

Kau Pêng-iú
kap Kiat-hun

Kín-kip

⭐ **Q5: Thanh toán bằng thẻ được không ?**

· 可用信用卡付費嗎

· Ē-sái iōng sìn-iōng-khah la̍p-chîⁿ--bô ?

▲ Từ thay thế｜替換詞｜Gí-sû thè-oāⁿ

Đài tệ	台 幣	Tâi-phiò	đô la Mỹ	美 金	Bí-kim
tiền Việt	越 盾	Oa̍t-phiò	đồng Euro	歐 元	Euro

⭐ **Cho tôi một phòng đơn.**

· 給我一間單人房　　　· ko͘-lâng-pâng

⭐ **Tôi muốn ở _____ (số) đêm.**

· 我要住 _____(數字) 晚

· Goá beh toà _____ (sò͘-jī) mê.

⭐ **Ngày check in _____, ngày check out _____**

· 住房日期 _____ ，退房日期 _____

· Toà-pâng ji̍t-kî _____,　thè-pâng ji̍t-kî _____

⭐ **Giúp tôi mang hành lý lên phòng.**

· 幫我搬行李到房間

· Thè goá kā hêng-lí poaⁿ khì pâng-keng.

⭐ **Gửi hành lý ở đây, có được không ?**

· 行李先寄放在這裡，可以嗎

· Hêng-lí seng kià tī chia, ē-sái--bô ?

⭐ **Điều hòa không sử dụng được.**

· 冷氣無法使用

· Léng-khì bē ēng--chit.

⭐ **Gần đây có bưu điện không ?**

· 這附近有郵局嗎   · Hù-kīn ū iû-kiỏk --bô ?

▲ Từ thay thế │ 替換詞 │ Gí-sû thè-oāⁿ

ngân hàng	銀 行	gîn-hâng
cây rút tiền (máy ATM)	自動提款機	ATM
quán ăn	餐 廳	chhan-thiaⁿ
siêu thị	超 市	chhiau-chhī
hiệu sách (N) nhà sách (S)	書 店	chheh-tiàm

Từ bổ sung │ 補充詞 │ Gí-sû pó-chhiong

đổi tiền	換 錢	oāⁿ-chîⁿ
tiền boa	小 費	sió-hùi
giặt là (N) giặt ủi (S)	送洗服務	sé-saⁿ hỏk-bū
mát-xa	按 摩	liảh-lêng
khăn mặt	毛 巾	bīn-kin
bể bơi	游泳池	siû-chúi-tî
khăn tắm	浴 巾	ẻk-kin

kem đánh răng		牙膏	khí-ko
bàn chải đánh răng		牙刷	khí-bín-á
dao cạo râu		刮鬍刀	chhùi-chhiu-khau-á
lược		梳子	chhâ-se / loa̍h-á
bông ngoáy tai		棉花棒	mî-á-ki
giấy vệ sinh		衛生紙	oē-seng-chóa
xà phòng thơm	(N)	香皂	sap-bûn
xà bông	(S)		
sữa tắm		沐浴乳	sé seng-khu--ê
dầu gội đầu		洗髮精	sé thâu-mn̂g--ê
dầu xả tóc		潤髮乳	thōa thâu-mn̂g--ê
chăn mỏng	(N)	薄棉被	liâng-phōe
mền mỏng	(S)		
chăn dày		厚棉被	kāu-phōe
phích nước nóng	(N)	熱水瓶	un-koàn
bình thủy	(S)		
bình nóng lạnh	(N)	熱水器 (洗澡用)	sio-chúi lô͘
máy nước nóng	(S)		
cốc	(N)	杯子	poe-á
ly	(S)		
tivi		電視	tiān-sī
quạt điện	(N)	電風扇	tiān-hong
quạt máy	(S)		

ngày nhận phòng		住房日期	tòa-pâng ji̍t-kî
ngày trả phòng		退房日期	thè-pâng ji̍t-kî
chăn	(N)	棉 被	phōe
mền	(S)		
mỏng		薄	pó
dày		厚	kāu
bình đun nước siêu tốc	(N)	快煮壺	hiaⁿ-chúi-koàn
bình nấu nước siêu tốc	(S)		

Memo

7 PHƯƠNG TIỆN GIAO THÔNG
交通工具
KAU-THONG KANG-KŪ

Taxi | 計程車 | Kè-têng-chhia

Tī 越南市區計程車非常普遍，差不多lóng有跳表，koh有7人座--ê，對觀光客來講非常方便。M̄-koh, mā ài提醒逐家注意，表頂面ê數字是越南錢，毋是美金喔！勿予無良心ê司機騙去ah！（譬如講：9000越盾起跳，表頂面是顯示9.0，後壁3个0無顯示，若是看到20.0，就是20000越南盾喔！）

良心ê計程車當然嘛是有，tī 遮提供規間較大ê計程車行電話予逐家參考喔！

河內市區/	Taxi Mai Linh	(024) 38.222.666
	Taxi Thanh Nga	(024) 38.215.215
胡志明市區/	Taxi Mai Linh	(028) 38.38.38.38
	VINASUN	(028) 38.27.27.27

Chit-má tī越南mā有Grab服務(汽車&o͘-tó͘-bái機車)，而且評價真好！

⭐ **Cho tôi một taxi** $\frac{\text{bốn}}{\text{bảy}}$ **chỗ.**

・我要一台 $\frac{\text{四人座}}{\text{七人座}}$ 計程車

・Hō͘ goán 1 tâi $\frac{\text{4 lâng chō}}{\text{7 lâng chō}}$ ê kè-têng-chhia.

⭐ **Đón ở** khách sạn Sài Gòn .

・到 西貢飯店 載我　・Lâi Saigon pn̄g-tiàm chài góa

⭐ **Cho tôi đến** <u>văn phòng Đài Bắc</u>.

· **載我去**<u>台北辦事處</u>

· **Chài goá khì** <u>Tâi-pak pān-sū-chhù</u> .

🔺 Từ thay thế │ 替換詞 │ Gí-sû thè-oā^n

...hách sạn Hà Nội	河內飯店	Hô-lāi pn̄g-tiàm
...hách sạn Fortuna	Fortuna飯店	Fortuna pn̄g-tiàm
...hách sạn Asean	Asean飯店	Asean pn̄g-tiàm
...hách sạn Deawoo	Deawoo飯店	Deawoo pn̄g-tiàm
...ồ Hoàn Kiếm	還劍湖	Hoân-kiàm-ô͘
...ăn Miếu	文 廟	Khóng-chú biō
...uu điện quốc tế	國際郵局	kok-chè iû-kiok
...a Hà Nội	河內車站	Hô-lāi chhia-thâu
...ến xe Mỹ Đình	美廷車站	Bí-têng chhia-thâu
...ến xe Giáp Bát	甲八車站	Giap Bat chhia-thâu
...ăn phòng Đài Bắc	台北辦事處	Tâi-pak pān-sū-chhù
...hợ Đồng Xuân	同春市場	Tông-chhun chhī-tiû^n
...hợ Bến Thành	檳城市場	Ben Thanh chhī-tiû^n

⭐ **Đặt cho tôi một taxi đi sân bay.**

· 我要訂一台計程車到機場

· Goá beh kiò 1 tâi kè-têng-chhia khì ki-tiû^n.

☆ _____ giờ _____ phút, ngày _____ .

・ _____ 時 _____ 分，_____ 日

・ _____ sî _____ hun, _____ jit-kî .

☆ Đi $\boxed{\begin{array}{c}\text{nhanh}\\\text{chậm}\end{array}}$ hơn một chút !

・請開 $\boxed{\begin{array}{c}快\\慢\end{array}}$ 一點　・Chhiáⁿ sái khah $\boxed{\begin{array}{c}\text{kín}\\\text{bān}\end{array}}$ e !

☆ Dừng ở $\boxed{\begin{array}{c}\text{đây}\\\text{kia}\end{array}}$.

・停在 $\boxed{\begin{array}{c}這裡\\那裡\end{array}}$　・Thêng tī $\boxed{\begin{array}{c}\text{chia}\\\text{hia}\end{array}}$.

☆ Bao nhiêu tiền ?

・多少錢　　　　　・Goā-chē chîⁿ ?

☆ Cho tôi lấy hóa đơn đỏ.

・請給我正式收據

・Chhiáⁿ hō͘ goá chéng-sek siu-kù.

Xe ôm !

越南真特殊ê"計程摩托車"。字面上ê意思是"相攬ê車"，因為人客ài對後壁kā司機攬牢leh！ Xe ôm tī越南無所不在，規條路坐tī o͘-tó͘-bái頂面koh一直對你喊ê就是ah，勿想講in是想欲kap你交朋友，是欲請你坐in ê車啦！In通常載短途，無公定價數，一定ài講好價數才出發喔！而且幣值（越南錢、美金抑是台幣）mā ài先講清楚喔！這幾年 xe ôm tàuh-tàuh-á hō͘ GrabBike取代！

⭐ **Q: Đến đây** _____ **(địa điểm) bao nhiêu tiền ?**
- 到這_____(地點)多少錢
- Kàu chia_____(tē-tiám) goā-chē chîⁿ ?

⭐ **A:** _____ **đồng.**
- _____越盾　　· _____Oa̍t-phiò.

⭐ **Đắt quá, rẻ hơn một chút !**
Giá này có được không ? _____ **đồng.**
- 好貴喔！便宜一點！這個價錢可以嗎
  _____越盾
- Siuⁿ kùi ah ! Khah siok leh ! Chit ê kè-siàu hó-bô ?
  _____ Oa̍t-lâm-chîⁿ.

⭐ **Thế thì thôi !**
- 那不用了　　· Án-ne m̄-bián ah !

⭐ **Ok, đi !**
- 好，走吧　　· Hó, lâi-khì !

Xích lô !

這个詞來自法文，是越南真特殊ê人力腳踏車，司機tī後壁踏車，人客是坐頭前喔！Tī越南市區nǹg來nǹg去，非常刺激喔！毋但是觀光用途，越南人mā會利用伊來送貨、搬貨呢！

⭐ **Một tiếng bao nhiêu tiền ?**
- 一小時多少錢　　· Chi̍t tiám-cheng goā-chē chîⁿ ?

★ **Hai người ngồi một xe được không ?**

・兩個人坐一台車可以嗎

・Nñg-ê lâng chē chi̍t tâi chhia ē-sái--bô ?

Qua đường │ 過馬路 │ Kòe chhia-lō͘

對外國人來講，越南 ê 交通是真恐怖 ê！叭無停 ê 喇叭聲，o͘-tó͘-bái kap 汽車袂相讓、koh 無分道，塞車 mā 是定定會拄著--ê，欲過車路對外國人來講更加是無可能 ê 任務，tī 遮欲分享過車路 ê 撇步，千萬 mài 傷客氣、mā mài 因為看著真濟車就緊張用走--ê，顛倒 ài 保持一般正常 ê 速度行、而且 mài 雄雄改變行 ê 速度，路--lih ê 車自然會家己 kā 你閃過喔！

Từ bổ sung │ 補充詞 │ Gí-sû pó͘-chhiong

buổi sáng	早上	chái-khí
buổi chiều	下午	ē-po͘
buổi tối	晚上	àm-sî
tối nay	今晚	eng-àm
hôm nay	今天	kin-á-ji̍t
ngày mai	明天	bîn-á-chài
ngày kia	後天	āu--ji̍t
địa chỉ	地址	tē-chí
điện thoại	電話	tiān-ōe
chờ một tí	等一下	tán--chi̍t-leh

tàu hỏa	(N)	火 車	hóe-chhia	
xe lửa	(S)			
xe buýt		公 車	kong-chhia	
máy bay		飛 機	hui-ki	
vé xe		車 票	chhia-phiò	

Memo

❽ ĐIỂM DU LỊCH VĂN HÓA
文化旅遊景點
BÛN-HOÀ IÛ-LÁM TĒ-KHU

Sa Pa
❶ · Sa pa · Sa-pa

Vịnh Hạ Long
❹ · 下龍灣 · Hā-liông-oan

Nhà thờ đá Phát Diệm
❺ · 發豔石教堂
　· Êng-kng-chio̍h kàu-tn̂g

Mộc Châu
· 木 州
· Mók-chou
❷

Tam Cốc-Bích Động
❻ · 三谷-碧洞 · Sam-kok Phek-tōng

Hà Nội
· 河 內
· Hô-lāi
❸

❼ **Thành nhà Hồ**
　· 胡朝古城
　· Ô͘-tiâu Kó͘-siâⁿ

Quê Bác
· 胡志明的家鄉
· Ô͘ Chì-bêng ê kò͘-hiong
❽

Huế
❿ · 順 化 · Sūn-hòa

Phong Nha-Kẻ Bàng
· 峰牙 - 己榜國家公園
· FONG-NGIA KĒ-BÀNG
kok-ka-kong-hn̂g
❾

Phố cổ Hội An
⓬ · 會安古街
　· Hoē-an Lāu-ke

Đà Nẵng
· 峴 港 · Tā-nâng
⓫

Mỹ Sơn
⓭ · 美 山 · Bí-san

Tây Nguyên
· 西 原 · Se-oân
⓮

Quy Nhơn
⓯ · 歸 仁
　· Kui-jîn

Nhà Rông
⓰ · 西原高腳屋 · Se-ôan Lò-kha-chhù

Nha Trang
⓱ · 芽 莊
　· Ngiá-chang

Củ Chi – Tây Ninh
㉑ · 古芝-西寧
· Kó͘-chi Se-lêng

⓲ Đà Lạt
　· 大 勒 · Tā-la̍t

Thành phố Hồ Chí Minh
· 胡志明市
· Ô͘ Chì-bêng chhī
⓴

Phan Thiết
⓳ · 潘 切 · Fan-thiát

Đồng bằng sông Cửu Long
㉒ · 湄公河三角洲
　· Bî-kong-hô Pêⁿ-oân

Phú Quốc
· 富 國
· Hù-kok
㉔

㉓ Cần Thơ · 芹 苴 · Kng-tho

❶ Sa Pa

- Sa Pa
- Sa-pa

Tī 越南西北部山區，海拔大約1600幾公尺，是一个真有法國khùi ê山城，mā 是越南hông歡熱、渡假ê好所在。

❷ Mộc Châu

- 木 州
- Mȯk-chơ

是越南北部上大、上婿ê平原，出產真有名ê牛奶kap茶米。當地mā有真濟台商投資ê茶園。

❸ Hà Nội

- 河 內
- Hô-lāi

越南ê首都，是一个有規千年歷史ê古城，ùi西元11世紀開始tō是越南政治、經濟、文化hām教育ê中心。

❹ Vịnh Hạ Long

- 下龍灣
- Hā-liông-oan

Tī 越南東北部，這个海灣內底有1,969座石灰岩ê島嶼，伊ê造形put-chí-á壯觀。聯合國教科文組織佇1994年kā Hā-liông-oan列做世界文化遺產。越南盾20萬ê銀票後壁面印ê tō是Hā-liông-oan ê風貌！

5 Nhà thờ đá Phát Diệm

· 發豔石教堂
· Êng-kng-chió h Kàu-tn̂g

Tī 寧平省，起造 ê 時間大約23年，tī
1898年完工，是越南上婿 ê 教堂之一，
差不多全部攏用石頭起--ê。

6 Tam Cốc – Bích Động

· 三谷-碧洞
· Sam-kok Phek-tōng

Koh 叫做陸龍灣，tī 寧平省。
Kap 下龍灣全款是石灰岩地形，koh
保存著恬靜、純樸 ê 鄉村風貌。

7 Thành nhà Hồ

· 胡朝古城   · Ô-tiâu Kó͘-siâⁿ

Tī 義安省，koh 叫做西都城，mā tī
2011年予聯合國教科文組織 kā 列做世
界文化遺產。

8 Quê Bác

· 胡志明的家鄉（義安省南檀縣）
· Ô͘ Chì-bêng ê kò͘-hiong (Gī-an-
  séng Lâm-toâⁿ koān)

義安省，是越南國父胡志明 ê 家鄉。
越南盾50萬銀票 ê 後壁面印 ê 是胡志明
ê 舊厝！

⑨ Phong Nha –Kẻ Bàng

· 峰牙-己榜國家公園
· Fong-ngia Kē-bàng
  Kok-ka-kong-hn̂g

Tī 越南ê廣平省，面積有2,000平方公里，是世界上大ê 2ê岩溶地貌之一，有數百个溶洞kap洞穴。這个國家公園mā予聯合國教科文組織列入世界遺產。

⑩ Huế

· 順 化　　　　· Sūn-hòa

Tī 越南中部，是越南封建制度上尾1个朝代ê京城。順化ê宮廷雅樂 (Nhã nhạc cung đình Huế)，mā予聯合國教科文組織列做人類非物質kap文化遺產ê傑作。越南盾5萬ê銀票後壁面，tō是順化ê風景。

⑪ Đà Nẵng

· 峴 港　　　　· Tā-nâng

越南中部上大ê港口。1858年法國拍越南ê時，上代先攻擊ê城市tō是Tā-nâng，chia有真濟歷史文化ê遺蹟和天然風景區。

⑫ Phố cổ Hội An

・會安古街　　　・Hoē-an Lāu-ke

Tī 越南廣南省，公元15-19世紀，是東南亞重要ê港口，有真chē明國人、日本人kap西洋人來chia做生理。Chia有留下日本橋、明鄉會館、華人五幫會館。佇1999年伊予聯合國教科文組織列做世界文化遺產。

高樓麵（Mì Cao lầu）、廣麵（Mì Quảng）、白玫瑰（Bông hồng trắng會安式扁食）是chia ê特色料理！

⑬ Mỹ Sơn

・美山　　　・Bí-san

Tī 越南中部廣南省，公元第4世紀到第14世紀，占婆人佇chia建立占婆王國（Champa），1999年成做聯合國世界文化遺產。

⑭ Tây Nguyên

・西原　　　・Se-oân

Koh叫做中部高原，是越南八大地區之一。Chia「西原Cong Chieng文化」予聯合國教科文組織列做人類非物質hām口傳文化ê傑作。

⑮ Quy Nhơn

・歸仁　　　・Kui-jîn

越南中部平定省ê省都,是一个沿海城市。猶未完全開發,保存有真濟自然ê風貌。Kui-jîn有經濟面ê優勢kap城市發展ê基礎,是屬tī第二級ê城市。越南政府kā定位做南部沿海地區三ê商業hām旅遊中心之一(其他2个是Tā-nâng hām Ngiá-chang)。

16 Nhà Rông

· 西原高腳屋
· Se-oân Lò-kha-chhù

中部高原少數民族ê lò-kha-chhù,逐个庄社攏有一个。伊是全村(里)開會kap討論國家大事,抑是傳承傳統文化ê所在,主要ê建材是白茅草、竹仔kap柴khơ。每一族ê lò-kha-chhù無啥sio-siāng,tī越南盾2000箍銀角仔ê後壁面,tō會當看著喔!

17 Nha Trang

· 芽莊　　　　· Ngiá-chang

越南中南部ê海港城市,是慶和省ê省都,chia海灣是世界上婚ê海灣之一,mā是國際上有名ê旅遊景點。

18 Đà Lạt

· 大 勒　　　· Tā-lat

越南林同省ê省都，koh叫做小巴黎，海拔懸度有1500公尺，規年thàng-thiⁿ ê天氣攏真涼爽，是出名歇涼避熱ê好所在，更加是越南人當做度蜜月ê勝地。

⑲ Phan Thiết

· 潘切　　　　· Fan-thiat

越南平順省ê省都，是越南重要ê掠魚ê所在。附近hông列做渡假地區，真受在地遊客hām外國旅客歡迎。

⑳ Thành phố Hồ Chí Minh

· 胡志明市
· Ô͘ Chì-bêng chhī

舊名「Saigon」（越南語：Sài Gòn），是越南上大ê城市。1975年4月30號越南民主共和國統一全國後，才改名做「胡志明市」。

㉑ Củ Chi – Tây Ninh

· 古芝-西寧　　· Kó͘-chi Se-lêng

古芝地道是tī胡志明市西北方70公里，一个規模驚人ê地道系統。長200公里，攏總有地下3層。是由足濟條無到80公分闊ê地道所交錯做成--ê，內底有房間、作戰房、開刀房、指揮室、火藥庫、水井、糧庫 kap活動中心，像1个地下社區。

② Đồng bằng sông Cửu Long

・湄公河三角洲
・Bî-kong-hô Pêⁿ-oân

Koh叫做九龍江三角洲，tī越南南部。面積有39,000平方公里，會使講是越南南部ê「魚米之鄉」，tī hia有真特別ê水頂市場。

③ Cần Thơ

・芹苴 ・Kīng-tho

是湄公河三角洲上大ê城市，mā是越南5個直轄市之一。Chia是以會當享受庄腳生活來出名，遊客會當食著上chiàⁿ-káng ê在地名產，像：柚子、龍眼、波羅蜜、soāiⁿ-á、榴槤等無全果子所做--ê料理！

④ Phú Quốc

・富國 ・Hù-kok

是越南最大ê島嶼，天然資源真豐富，環境猶未受著污染，規年thàng-thiⁿ攏適合旅遊，chia是越南重要ê漁場之一，出產ê魚露更加是世界出名ê！

Hà Nội
河內
HÔ-LĀI

1 Hồ Hoàn Kiếm

・還劍湖　　　　・Hoân-kiàm-ô͘

還劍湖，koh叫做 Hồ Gươm（劍湖），tī河內ê市中心，是河內ê象徵之一。因為傳說講越南黎朝ê第一位皇帝黎利，拍敗中國明朝ê駐軍，建立黎朝以後tī這個所在kā劍還hō͘神龜。

② Đền Ngọc Sơn

・玉山祠　　　　・Giỏk-san-sû

玉山祠tī玉島(Đảo Ngọc)一還劍湖中ê一座小島頂面，起tī 1865年。1968年ê時河內人ùi還劍湖內底掠著一隻400～500歲ê大龜，身長大約2.10公尺、重有達到230公斤！龜殼後來mā服祀tī玉山祠。真濟越南老百姓，相信這隻大龜，就是還劍湖傳說中講著ê神龜。

③ Nhà thờ lớn Hà Nội

・聖若瑟主教座堂
・Tōa-kàu-tn̂g

位置：Số 40, phố Nhà Chung, quận Hoàn Kiếm, Hà Nội.

河內大教堂起tī 1886年，koh叫做聖若瑟主教座堂（Saint Joseph Cathedral），是羅馬天主教河內總教區 主教座堂。模仿巴黎聖母院來起--ê，是河內保留上完整ê一座法國式ê建築。

④ Nhà hát lớn Hà Nội

・河內歌劇院
・Hô-lāi Koa-kẹk-ī^n

位置：Số 1, phố Tràng Tiền, quận
　　　Hoàn Kiếm, Hà Nội.

Tī 河內八月革命廣場ê所在。河內
歌劇院是tī 1901年開工，1911年完成，
是河內第一間歌劇院。建築摩仿巴
黎歌劇院（Opera Garnier）ê風格，
m̄-nā是河內重要ê藝術中心，嘛是舉行
重要會議ê所在。

5 Nhà hát Múa rối nước Thăng Long

・升龍水上木偶戲院
・Seng-liông Chúi-siōng
　Chhâ-thâu-ang-á Hì-īⁿ

位置：Số 57b, Đinh Tiên Hoàng
　　　（還劍湖附近）

伊起tī 1969年，是越南水上柴頭尪仔
戲上出名ê表演機構。水上柴頭尪仔
戲是越南傳統ê文藝表演，大約有
1000年ê歷史，表演方式非常特別，
舞台搭tī水池面頂，表演者身穿黑衫，
bih tī後台，下半身浸tī水內，用長線
抑是竹篙操作柴頭尪仔，有傳統樂團
負責配樂、歌唱kap口白，雙方需要
真好ê配合度，chiah會當完成一場
演出。

戲院的網址：
www.thanglongwaterpuppet.org/
homepage.asp

Chợ Đồng Xuân

- 同春市場
- Tâng-chhun Chhī-á

位置：Số 1, Đồng Xuân,
       Quận Hoàn Kiếm, Hà Nội

Tī 河內老街地區，是越南阮朝tī
1804年起--ê，是河內上大ê室內
市場。1889~1890年法國殖民ê時，
kā伊改造做西方建築ê風格。

Khu phố cổ

- 36古街   · 36 lāu-ke

位置：Bao gồm phố Hàng Chiếu,
       Hàng Buồm, Hàng Khoai…
       nối cửa Quan Chưởng với
       Đồng Xuân.

河內老街已經有1000外年ê歷史，是
河內上繁華ê手工業kap商業地區。
早期每一條街kan-na專門生產抑是
營業一種產品，像：Hàng Đào（桃
布街）、Hàng Bạc（銀街）、Hàng
Đồng（銅街）、Hàng Gà（家禽
街）等。老街ê數量，每一个朝代
加減攏有變更；但是，上發達ê時陣
大約有36條。所以，河內老街koh
叫做河內36老街。

8 Bảo tàng Cách mạng

・革命博物館

・Kek-bēng Phok-bu̍t-koán

位置：Phố Trần Quang Khải, quận
Hoàn Kiếm, Hà Nội.
（側門： phố Tôn Đản）

起tī 1959年。展示越南對抗法、
日、中、美等戰爭ê武器、文宣、相片
等資料。內底有展示1945年蔣介石
派20萬軍隊佔領北越ê資料。

9 Bảo tàng Lịch sử Quân sự

・軍事歷史博物館

・Kun-tūi Phok-bu̍t-koán

位置：Số 28a, đường Điện Biên Phủ,
quận Ba Đình, Hà Nội.

1959年開始開放予民眾參觀。館內
展示有關越南人民武裝kap各種
軍隊ê成立hām相關發展史ê物件
kap資料...等等。有展示1979年
越中戰爭ê資料。

10 Bảo tàng Lịch sử

・歷史博物館

・Le̍k-sú Phok-bu̍t-koán

位置：Số 1, Tràng Tiền, quận Hoàn
Kiếm, Hà Nội.

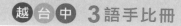

前身是法國遠東博古研究中心ê博物館
（koh叫做Louis Finot 博物館：
1932-1958）。館內展示有關越南ê
歷史文化等資料。

❶ Bảo tàng Dân tộc học

- 民族學博物館
- Bîn-chòk-hàk Phok-bùt-koán

位置：Đường Nguyễn Văn Huyên,
　　　quận Cầu Giấy, Hà Nội.

起tī 1997年，是越南社會科學研究院
所屬ê單位。館內詳細紹介越南54个
民族ê文化特色、服裝、生活用品kap
風俗習慣等等。較特別ê是博物館ê
外口，有各个少數民族徛家ê建築，mā
定定有情人來chia hip結婚欲用ê相片。

❷ Bảo tàng Hồ Chí Minh

- 胡志明博物館
- Ô Chì-bêng Phok-bùt-koán

位置：Số 3, Ngọc Hà,
　　　quận Ba Đình, Hà Nội.

起tī 1990年，tī 胡志明墓ê邊仔，
展示有關越南國父胡志明ê生活用品、
文獻、相片等資料，總計超過12萬
外件。

基本發音
禮貌用語
會 嗎？
人稱代詞
機 場
自我介紹
旅 館
交通工具
旅遊景點
餐 廳
越南料理
飲 品
問 路
購 物
買水果
換 錢
數字與單位
娛 樂
生 病
交友與結婚
緊 急

13 Lăng Chủ tịch Hồ Chí Minh

· 胡志明陵墓

· Ô͘ Chì-bêng Bōng-hñg

位置：Đường Hùng Vương,
　　　Quận Ba Đình, Hà Nội.

1975年起tī 巴亭廣場，是khǹg越南領袖胡志明遺體ê所在。陵墓ê靈感主要來自俄羅斯ê列寧墓，並且加入越南建築ê特殊風格。越南ē-sái ùi漢字成功轉用羅馬字做官方語文，關鍵人物就是胡志明。

14 Quảng trường Ba Đình

· 巴亭廣場

· Ba-lìn Kóng-tiûⁿ

位置：Đường Hùng Vương,
　　　Quận Ba Đình, Hà Nội.

是越南上大ê廣場。1945年9月2日胡志明主席tī chia宣佈獨立、正式成立越南民主共和國！這是河內管制較嚴ê所在，欲tī chia hip相mā ài真注意，盡量避免大聲喝咻抑是giáh敏感ê旗仔，若無會引來公安ê注意喔！

15 Gò Đống Đa

· 棟多丘　　　　　· Tòng-to-khu

位置：Gần đường Tây Sơn, Quận
　　　Đống Đa, Hà Nội.

1789年越南民族英雄—光中拍敗中
國清朝軍隊ê紀念遺址。根據傳說，
光中拍敗敵人了後，埋敵人屍體ê所在
就是棟多丘！

16 Cột Cờ

・旗台　　　　　・Kî-tâi

位置：Số 28a, đường Điện Biên Phủ,
　　　quận Ba Đình, Hà Nội.

河內旗台是升龍古城的一部分，阮朝
1805年khí，到1812年完工，是河內
重要象徵之一。

17 Văn Miếu

・文廟　　　　　・Khóng-chú-biō

位置：Đường Quốc Tử Giám, quận
　　　Đống Đa, Hà Nội.

李朝1070年khí，服祀儒教ê聖賢，
mā是李朝皇室子弟ê學校。1076年
學校規模擴大，增建國子監，開放
予皇室kap大臣ê囝孫來讀，成做越南
ê第一間大學。到陳朝，開放平民
入去讀。目前kan-na做觀光ê用途，
m̄-koh，每一年ê大學聯考了後，越南
政府會安排各校ê頭名來chia參與
祭祀ê典禮。

18 Thành Cổ Loa

・古螺城　　　・Kó͘-lê-siâⁿ

位置：Huyện Đông Anh, Hà Nội.
是越南上早ê古城，起tī 西元前3世紀ê安陽王朝（越南ê第二王朝），因為城牆是捲螺仔形來號名--ê。根據傳說，安陽王因為有神龜ê幫助起造古螺城、製造弓箭拍敗中國趙佗ê軍隊。Chín除了城牆，城內猶保留安陽王chham公主廟等遺跡。

19 Đền Hai Bà Trưng / Đền Đồng Nhân

・二徵夫人殿 / 同仁殿
・Jī Teng-hun-jîn-tiān

位置：Số 12 phố Hương Viên, phường Đồng Nhân, quận Hai Bà Trưng, Hà Nội.
二徵夫人殿，原名同仁殿，1160年起tī 紅河岸邊ê同仁洲，tī 1819年徙到現址。殿內服祀西元40年ê時，起義對抗中國統治者ê兩位女英雄。

20 Hồ Tây

・西　湖　　　・Se-ô͘
位置：Quận Tây Hồ, Hà Nội.

Tī市區ê西北爿，距離巴亭廣場大約
200公尺，面積差不多5平方公里。
Tī西湖ê四周圍有真濟古早ê建築物，
像：西湖府、鎮國寺、鎮武殿等。
西湖是河內真出名ê湖。

21 Chùa Trấn Quốc

· 鎮國寺　　　　　· Tìn-kok-sī

位置：Đường Thanh Niên, quận Tây
　　　Hồ（西湖湖邊）， Hà Nội

原名叫做開國寺，tī 西湖東岸ê一座
小島頂懸，是河內上舊ê一座寺，已經
有1500外年ê歷史，是越南李朝、陳朝
時代ê佛教中心，過年時仔，河內人
定定聚集tī chia祭拜。

22 Di tích Hoàng Thành Thăng Long

· 升龍古城遺址
· Seng-liông Kó͘-siâⁿ Ûi-chí

位置：Đường Cửa Bắc - Điện Biên
　　　Phủ - Hoàng Diệu, Hà Nội.

是世界文化遺產。這个建築群體，保留
越南無仝時期封建朝代ê遺跡，包括第
7世紀ê安南督護府、9～10世紀ê
大羅城、10～14世紀ê升龍城、19世紀
ê河內城等。目前，已經開放參觀ê
有：敬天殿遺址、北門、南門、旗台。

23 Quảng trường Đông Kinh Nghĩa Thục

・東京義塾廣場

・Tang-kiaⁿ Gī-sio̍k Kóng-tiûⁿ

Tī 還劍湖ê湖邊,是Lê Thái Tổ (黎太祖街),Hàng Đào (桃布街),Hàng Gai, Đinh Tiên Hoàng (丁先皇街),Cầu Gỗ (木橋街)交叉ê所在。曾經是法國殖民政府ê Négrier將軍廣場。越南政府ê時改名做東京義塾廣場,用伊來紀念20世紀初期,越南文化運動—東京義塾。當時ê東京義塾學校tī現此時ê Hàng Đào街4&10號。

24 Chùa Một Cột (Diên Hựu Tự)

・一柱廟 (延佑寺)

・Chi̍t-thiāu-biō

位置:Phố Chùa Một Cột, quận Ba Đình, Hà Nội.

Tī 胡志明墓ê邊仔,起tī李朝1049年。伊特別ê所在是,干焦用一支直徑1.25公尺ê石柱,tī水中央the̍h一座廟,廟ê本身是柴做--ê,內面服祀觀世音;有真濟越南婦女會來chia祈求子嗣,tī 越南5000箍銀角仔頂面,tō看會著這个河內ê重要象徵!

25 Đền Quán Thánh

· 鎮武觀　　　· Tìn-bú-koan

位置：Phường Quán Thánh, gần hồ
　　　Tây, quận Ba Đình, Hà Nội.

Tī西湖ê湖邊，是升龍四觀之一。
河內總共有四大觀來鎮四方：鎮北
之觀是鎮武觀，鎮南之觀是金蓮寺，
鎮東之觀是白馬寺，鎮西之觀是象伏
寺。鎮武觀起tī 黎朝李太宗時代
（1010-1028），服祀越南ê神話人物
一玄天鎮武。內底有1677年黑銅做
--ê鎮武銅像，有4公尺懸，重4 tòng。

Memo

基本發音

禮貌用語

會 嗎？

人稱代詞

機 場

自我介紹

旅 館

交通工具

旅遊景點

餐 廳

越南料理

飲 品

問 路

購 物

買水果

換 錢

數字與單位

娛 樂

生 病

交友與結婚

緊 急

Thành phố Hồ Chí Minh
胡志明市
Ô͘ Chì-bêng chhī

① Bảo tàng Chứng tích Chiến tranh

- 戰爭遺跡博物館
- Chiàn-cheng-ûi-jiah Phok-bu̍t-koán

位置：Số 28, đường Võ Văn Tần,
　　　quận 3, Tp. Hồ Chí Minh.

Tī 1975年9月開設，館內展示各種越戰ê相片kap物件，呈現越南英雄抵抗外來侵略者ê成就kap越戰時期美軍ê惡行。

② Bảo tàng Lịch sử Việt Nam

- 越南歷史博物館
- Le̍k-sú Phok-bu̍t-koán

位置：Số 2, đường Nguyễn Bỉnh
　　　Khiêm, phường Bến Nghé,
　　　quận 1, Tp. Hồ Chí Minh.

伊ê前身是Blanchard de la Brosse博物館，1929年到1956年，展示亞洲國家古早ê美術品，1956年到1975年成做國家西貢博物館，1975年以後擴建做胡志明市歷史博物館。

**③ Bảo tàng Thành phố
Hồ Chí Minh**

- 胡志明市博物館
- Ô͘ Chì-bêng-chhī Kek-bêng
　Phok-bu̍t-koán

位置：Số 65, đường Lý Tự Trọng,
　　　quận 1, Tp. Hồ Chí Minh.

Ùi 1885年開始起造，到1890年才
完成。由法國建築家所設計，tī無全
ê時代扮演無全ê角色，一直到1978年
才正式成做胡志明市革命博物館。
Tī博物館ê下面有一个地下密道，
kap統一府ê地下密道相thàng，當年
越南共和國ê第一位總統吳廷琰，
bat ùi地道逃到chia bih。1999年改做
胡志明市博物館，以胡志明市的發展
歷史做展覽重點。

Bảo tàng Mỹ thuật Thành phố Hồ Chí Minh

· 胡志明市美術博物館
· Ô Chì-bêng-chhī Bí-su̍t
　Phok-bu̍t-koán

位置：Số 97a, đường Phó Đức Chính,
　　　phường Nguyễn Thái Bình,
　　　quận 1, Tp. Hồ Chí Minh.

1925年ê時，是西貢首富ê豪華厝宅，
1975年南越解放了後，予國家收轉
來，1992年成做美術博物館，展示
越南各个時期ê圖畫、雕刻等藝術品。

❺ Nhà thờ Đức Bà

· 瑪利亞聖母大教堂

· Má-lī-a Sèng-bó Tōa-kàu-tn̂g

位置：Số 1, đường Công xã Paris,
phường Bến Nghé, quận 1, Tp.
Hồ Chí Minh.

起 tī 1880年，是模仿巴黎聖母院鐘樓
來設計--ê，有兩座40公尺懸 ê 鐘樓，
是法國殖民時期留落來 ê 建築物。
起教堂 ê 紅磚仔 hām 其他 ê 材料 lóng ùi
法國運過來，到今猶無去予褪色抑是
損壞。因為是紅磚仔起--ê，所以
koh叫做紅教堂，是胡志明市上出名
ê 地標。

**❻ Minh Hương Gia Thạnh
Hội Quán**

· 明鄉嘉盛堂

· Bêng Hiong Ka-sēng-tông

位置：Số 380 Đường Trần Hưng Đạo,
Phường 11, Quận 5, TPHCM

明鄉人後代 tī 1789年 khí--ê 明鄉會館。
明鄉人是指大明帝國尾期逃難抑是
來越南做生理 liáu 無 koh 轉去明國，
soah tī 當地娶越南 bó͘、生囝，本土化
去 ê 越–明通婚後代。有一部分鄭成功
ê 部下 bat 走路去越南，in mā chiâⁿ 做
明鄉人。

⑦ Nhà thờ Tin Lành

- 基督教福音堂
- Ki-tok-kàu Hok-im-tn̂g

位置：Số 155, đường Trần Hưng Đạo,
　　　phường Cô Giang, quận 1,
　　　Tp. Hồ Chí Minh.

起ê時間大約tī 1950年，這間教堂
是胡志明市上莊嚴ê福音堂，mā是
越南東南部基督教福音分會ê辦公室。

⑧ Bưu điện Thành phố

- 胡志明市郵政總局
- Ô Chì-bêng-chhī Iû-chèng Chóng-kiȯk

位置：Số 2, đường Công xã Paris,
　　　quận 1, Tp. Hồ Chí Minh.

1886年起造，tī巴黎聖母院大教堂ê
邊仔，ùi 1891年正式啟用到今，是
法國tī越南上早ê郵政總局，mā是
胡志明市上吸引遊客ê景點之一。

⑨ Ủy ban Nhân dân Thành phố Hồ Chí Minh

- 胡志明市市政府
- Ô Chì-bêng-chhī Chhī-chèng-hú

位置：Số 86, đường Lê Thánh Tôn,
　　　phường Bến Nghé, đầu đại lộ
　　　Nguyễn Huệ, Tp. Hồ Chí Minh.

1898年開始建造，到1908年落成。

是一座外觀 kap 內部 lóng 相當豪華 ê 法國殖民式建築。

⑩ Phố đi bộ Nguyễn Huệ

・阮惠徒步區

・Ńg Hōe sàn-pō-khu

位置：Phố Nguyễn Huệ, Bến Nghé, Quận 1, Tp. Hồ Chí Minh

Chia ē-sái tảuh-tảuh-á 散步，免驚 hō͘ 車 lòng--tiỏh！日時、暗時 lóng 真鬧熱！

⑪ Lăng mộ Trương Vĩnh Ký

・張永記陵墓

・Tiuⁿ Éng-kì Bōng-hñg

位置：Số 520, đường Trần Hưng Đạo, phường 02, quận 5, Tp. Hồ Chí Minh.

張永記（1837~1898），是 1 个出名 ê 語言學家，擔任越南第一份國語字報紙《嘉定報》ê 主編，是越南羅馬字報紙 ê 開基祖。

⑫ Thảo cầm viên

・動植物園

・Tōng-sit-bùt-hñg

位置：Số 2b, đường Nguyễn Bỉnh Khiêm, phường Bến Nghé, quận 1, Tp. Hồ Chí Minh.

起tī 1864年，已經有百外冬，伊悠久ê歷史tī全世界排名第8，總面積33公頃，園內養飼各種ê野生動物、罕見ê鳥仔、奇花異草、大型林木，tī法國殖民時期是亞洲地區規畫上完善ê大型公園之一。

③ Nhà hát lớn Thành phố Hồ Chí Minh

- 胡志明市大歌劇院
- Ô͘ Chì-bêng-chhī Koa-kėk-ī^n

位置：Số 7, đường Công Trường Lam Sơn, phường Bến Nghé, quận 1, Tp. Hồ Chí Minh.

Tī 1898年開始起，到1900年完成。內部佈置有法國進口ê名畫，kap河內大歌劇院ê傳統建築有真無全ê風格，有1800 ê座位，是河內大歌劇院ê 2倍。

④ Chợ Lớn

- 堤岸地區
- Thê-hōa^n Tē-khu

是1778年華人所創立ê市集，演變到今已經變成華人聚集ê商業中心。現此時蹛tī胡志明市ê華人，大約有40外萬人，主要集中tī這區，包含第五、六、十、十一郡，所以koh

叫做〝大市集〞（Chợ Lớn），tī chia有真濟華人所起ê華語學校、病院 kap廟寺。

⑮ Chợ Bến Thành

· 檳城市場

· Ben Thanh Chhī-tiûⁿ

位置：Quận 1, Tp. Hồ Chí Minh. 這个所在tī郭氏莊廣場、潘佩珠街、潘周楨街、黎聖宗街ê交叉路口，是越南上大型ê傳統室內市場，已經有300外年ê歷史。Tī chia會當擛著各種ê紀念品。檳城市場邊仔逐暗lóng有夜市，內底會使食著真濟越南在地ê美食，吸引真濟外國來ê觀光客。

⑯ Dinh Độc Lập

· 獨立宮

· Tók-lip-kiong

位置：Số 106, đường Nguyễn Du, quận 1,Tp. Hồ Chí Minh. 1868年，法國人起ê南部總督府。因為歷史ê演變，換過真濟名稱，嘛扮演真濟無仝ê角色，到今，獨立宮像一座博物館按呢，開放予人參觀，內底全款有豪華ê佈置，上特別ê是，地下室有防炸彈攻擊ê軍事指揮所，內面除了保留越戰時期各種ê通訊

設備以外，每1个地下房間猶有密道相通，傳說講會使通到西貢河，是提供總統走路ê時thang用！

17 Bảo tàng Hồ Chí Minh

・胡志明博物館

・Ô Chì-bêng Phok-but-koán

位置：Số 1, đường Nguyễn Tất Thành, quận 1, Tp. Hồ Chí Minh.

原本是西貢市商港ê售票處，因為1911年越南國父胡志明ùi chia坐船去法國，展開救國ê事業，1975年chia重建做胡志明博物館。館內主要展示胡志明革命之路寫予越南人民ê批信、各時期活動ê記錄、手稿...等，真有歷史價值ê物件。

18 Chùa Giác Lâm

・伽藍覺林寺

・Kak-lîm-sī

位置：Số 118, đường Lạc Long Quân, quận Tân Bình, Tp. Hồ Chí Minh.

1744年由明鄉人捐錢起--ê，是胡志明市上舊ê廟寺之一，進前是越南南部地區，僧侶接受佛教戒律ê第一培訓中心。

⑲ Đền thờ Trần Hưng Đạo

· 陳興道殿

· Tân Heng-tō tiān

位置：Số 36, đường Võ Thị Sáu,
phường 4, quận 1, thành phố
Hồ Chí Minh.

陳興道是越南陳朝重要 ê 將領，bat tī 13世紀率領越南陳朝軍隊，成功拍敗中國三擺 ê 入侵，成做越南歷史上重要 ê 民族英雄。這个殿 mā 是越南南部上大 ê 陳興道殿。

Memo

9

QUÁN ĂN
餐 廳
CHHAN-THIAⁿ

⭐ **Q1: Bạn có mấy người ?**

· 請問有幾位　　　　· Chhiáⁿ-mn̄g ū kúi-ê lâng ?

⭐ **A:** _____ (số) **người.**

· _____ (數字)個人

· _____ (sò͘-jī) ê lâng.

menu	
một suất (N)	**một phần** (S) .
một bát (N)	**một tô** (S)

· 給我　菜單 / 一份 / 一碗　　· Hō͘ goá　menu / chit-hūn / chit-oáⁿ .

⭐ **Q2: Có cái này không ?**

· 有這個嗎　　　　· Ū chit-hāng bô ?

Đồ dùng bếp | 餐具 | Chhan-khū

thìa (N)
muỗng (S)
湯匙
thng-sî-á

dao
刀子
to-á

bát con (N)
chén (S)
小碗
oáⁿ

dĩa (N) **nĩa** (S) 叉子 chhiám-á		**đũa** 筷子 tī	
tăm 牙籤 khí-thok		**giấy ăn** 面紙 bīn-chóa	

⭐ **Không cho** mì chính.

・不要加味精 ・**Mài chham** bī-sò.

Gia vị | 佐料 | Phòe-liāu

xì dầu (N) **nước tương** (S) 醬油 tāu-iû		**muối** 鹽 iâm	
nước mắm 魚露 hî-lō͘		**mắm tôm** 蝦醬 hê-chiùⁿ	
hạt tiêu 胡椒 hô͘-chio		**mì chính** 味精 bī-sò	
hành 蔥 chhang-á		**tỏi** 蒜 soàn-thâu	
ớt 辣椒 hoan-á-kiuⁿ		**gừng** 薑 kiuⁿ	

Loại thức ăn ｜ 食物種類 ｜ Chiảh-mìh chióng-lūi

thịt bò 牛肉 gû-bah		**tôm** 蝦子 hê-á	
thịt chó 狗肉 káu-bah	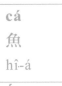	**cá** 魚 hî-á	
thịt lợn 豬肉 ti-bah	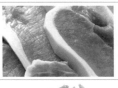	**ốc** 螺 lō͘-lê	
thịt gà 雞肉 ke-bah		**lươn** 鱔魚 siān-hî	
thịt ngan 鵝肉 gô-bah		**mực** 魷魚 jiû-hî	
thịt vịt 鴨肉 ah-bah		**cua** 螃蟹 chîm-á	
ngao 蛤蜊 ham-á		**hến** 蜆 lâ-á	
dưa chuột 小黃瓜 niû-á-koe		**rau su su** 龍鬚菜 koe-á-chhiu	

| bắp cải 高麗菜 ko-lê-chhài |  | rau bí 南瓜葉 kim-koe-sim |  |
| rau muống 空心菜 èng-chhài |  | sa-lát 沙拉 sa-la |  |

Cách nấu ｜ 烹煮方式 ｜ Chú-chiảh-hong-sek

hấp	蒸	chhoe	rán	(N)	煎、炸	煎	chian
xào	炒	chhá	chiên	(S)		炸	chìⁿ
hầm	燉	tīm	luộc		水 煮		sảh
nướng	烤	hang	rang		乾 炒		ta-chhá

Đồ uống ｜ 飲 品 ｜ Lim--ê

⭐ **Cho cơm ra luôn nhé !**

・**請**先**給我**飯　　・Pēng seng lâi .

❗ 越南人去餐廳食飯通常是朋友、同事ê聚會，所以飲食習慣是ná啉酒, ná配菜, ná開講，白飯最後才會送來！所以想欲有飯通配菜ê人ài會記得先kā服務生講這句話哦！

⭐ **Tính tiền !**

・**結 帳**　　　・Sǹg-chîⁿ !

❗ 越南結帳ê方式是坐tī座位，大聲喊：「Tính tiền!」tō有服務生會來算錢，毋免提帳單去櫃台喔！

基本發音
禮貌用語
會 嗎？
人稱代詞
機 場
自我介紹
旅 館
交通工具
旅遊景點
餐 廳
越南料理
飲 品
問 路
購 物
買水果
換 錢
數字與單位
娛 樂
生 病
交友與結婚
緊 急

⑩ MÓN ĂN VIỆT NAM
越南料理
OA̍T-LÂM LIĀU-LÍ

⭐ **Q1: Bạn thích ăn món gì ?**

· 你喜歡吃什麼菜

· Lí kah-ì chia̍h siáⁿ-mi̍h chhài ?

⭐ **A: Tôi thích ăn** nem cuốn **.**

· 我喜歡越式春捲

· Goá kah-ì nem (Oa̍t-lâm lūn-piáⁿ) .

▲ Từ thay thế │ 替換詞 │ Gí-sû thè-oāⁿ

nem cuốn (N) **gỏi cuốn** (S) 越式春捲 nem (Oa̍t-lâm lūn-piáⁿ) 	**bánh xèo** 越南煎 Oa̍t-lâm-chian	
bánh cuốn 蒸捲餅 lūn-piáⁿ-phoê-kauh 	**nem rán** (N) **chả giò** (S) 炸春捲 chìⁿ lūn-piáⁿ-kauh	
bít-tết 牛排 gû-pâi 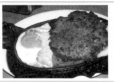	**lẩu** 火鍋 hóe-ko	

trứng vịt lộn 鴨仔蛋 ah-kiáⁿ-nn̄g (hok-á-nn̄g)		**quẩy** 油 條 iû-chiah-koé	
cá kho tộ 紅燒魚 âng-sio-hî	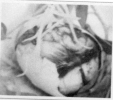	**bánh bao** 肉 包 bah-pau	
chả nướng 炭烤豬肉 hang-ti-bah		**bánh mì gối** 土 司 siok-pháng	
dưa muối (N) **dưa chua** (S) 越式泡菜 hàu-chhài		**bánh ga-tô** (N) **bánh kem** (S) 蛋 糕 ke-nn̄g-ko	
bánh chưng 宗 子 hàng		**hoa quả dầm** 水果冰 chúi-kó-peng	
đậu phụ 豆 腐 iu-hū		**kem** 冰淇淋 Ice cream	
chạo tôm 甘蔗蝦 am-chià-hê		**kẹo** 糖 果 thn̂g-á	
mai 餞 âm-sng-tiⁿ		**mứt sen** 蓮子乾 liân-chí-koaⁿ	

canh ngao chua
蛤蜊酸湯
ham-á sng-thng

canh cải thịt
芥菜豬肉湯
koà-chhài bah-iù-á thng

kẹo cao su
口香糖
chhiū-leng-kô͘

nộm ngó sen (N)
gỏi ngó sen (S)
涼拌蓮藕
léng-poāⁿ lêng-ngāu

nộm đu đủ (N)
gỏi đu đủ (S)
涼拌青木瓜
léng-poāⁿ chheⁿ-bo̍k-koe

bánh rán
炸的麻糬
chìn--ê moâ-chî

Từ bổ sung │ 補充詞 │ Gí-sû pó-chhiong

Phở · 河 粉(越南粿仔) · Hô-hún (Oa̍t-lâm kóe-á)

phở bò tái
鮮牛肉河粉
chheⁿ-gû-bah hô-hún

phở bò chín
熟牛肉河粉
se̍k-gû-bah hô-hún

phở gà
雞肉河粉
ke-bah hô-hún

phở xào
炒河粉
chhá hô-hún

Bún · 米苔目 · Bí-thai-ba̍k

bún chả
烤肉米苔目
hang-bah bí-thai-ba̍k

bún ốc
螺肉米苔目
lê-bah bí-thai-ba̍k

bún riêu
毛蟹肉米苔目
môo-hē bí-thai-ba̍k

bún cá
魚肉米苔目
hî-bah bí-thai-ba̍k

bún mọc
肉丸米苔目
oân-á bí-thai-ba̍k

bún đậu
炸豆腐米苔目
chìⁿ tāu-hū bí-thai-ba̍k

bún bò Huế
順化牛肉米苔目
Sūn-hòa gû-bah bí-thai-ba̍k

❗ 越南ê米苔目較細條，比台灣新竹米粉khah粗小寡，
mā有人翻做米粉。

Mì · 麵 · Mī

mì vằn thắn
餛飩麵
pián-si̍t-mī

mì tôm
泡 麵
phàu-mī

mì xào bò
牛肉炒麵
gû-bah
chhá-mī

mì Ý
義大利麵
Ì-tāi-lī mī

Hủ tiếu · 米粉 · Bí-hún

hủ tiếu
Nam Vang
西貢米粉
Saigon bí-hún

hủ tiếu xào
米粉炒
bí-hún-
chhá

hủ tiếu thịt
豬肉米粉
ti-bah bí-hún

hủ tiếu kho
乾米粉
ta-bí-hún

Miến · 冬 粉 · Tang-hún

miến ngan
鵝肉冬粉
gô-bah tang-
hún

miến lươn
鱔魚冬粉
siān-hî
tang-hún

miến gà
雞肉冬粉
ke-bah tang
hún

miến trộn
乾冬粉
ta ê tang-
hún

Cơm · 飯 · Pn̄g

cơm trắng
白飯
pèh-pn̄g

cơm rang
炒飯
chhá-pn̄g

cơm niêu
小瓦鍋飯
oe-á-pn̄g

cơm hến
蜊仔飯
lâ-á-pn̄g

Cháo · 粥 · Moâi

cháo gà
雞肉粥
ke-bah-moâi

cháo thịt
瘦肉粥
sán-bah-moâi

cháo cá
魚肉粥
hî-bah-moâi

cháo vịt
鴨肉粥
ah-bah-moâi

Xôi · 米糕 · Bí-ko

xôi đỗ
綠豆米糕
ėk-tāu bí-ko

xôi gấc
紅米糕
âng-bí-ko

xôi xéo
綠豆沙米糕
ėk-tāu-se bí-ko

xôi thịt
燉肉米糕
khòng-bah bí-ko
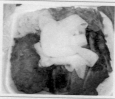

xôi lạc
土豆米糕
thô-tāu bí-ko

xôi ngũ sắc
五彩米糕
gō-sek bí-ko

Bánh mì · 麵包 · Pháng

bánh mì trứng

麵包加煎蛋

pháng kauh nñg

bánh mì pa-tê

肉醬麵包

pháng kauh bah-chiùⁿ

bánh mì sốt vang

牛腩麵包

pháng kauh gû-bah

Memo

92

11 ĐỒ UỐNG
飲品
LIM--Ê

⭐ **Cho tôi một cốc** <u>cà phê</u> .

- 給我一杯<u>咖啡</u>
- Hō góa 1 poe <u>ka-pi</u> .

⭐ **Không**
- 無
- bián

➕

⭐ **đường**
- 糖
- thn̂g

⭐ **Ít**
- 少
- chió

⭐ **đá**
- 冰
- peng

⭐ **đá**
- 冰 角
- peng-kak

❗ **đá** 是指加冰角
lạnh 是指冰過

⭐ **lạnh**
- 冰 的
- peng--ê

⭐ **nóng**
- 熱 的
- sio--ê

🔺 Từ thay thế │ 替換詞 │ Gí-sû thè-oāⁿ

Trà │ 茶 │ Tê	Cà phê │ 咖啡 │ Ka-pi
trà lipton 立頓茶 lipton tê		**trà nóng** 熱 茶 sio-tê	
trà đá 冰綠茶 peng- tê		**trà sen** 蓮花茶 liân-hoe-tê	

Ki-pún Hoat-im

Lé-māu Iōng-gí

Ē-hiáu--bô?

Jîn-chheng Tāi-miâ-sû

Ki-tiûⁿ

Chhū-ngớ Siâu-kài

Lú-siā

Kau-thong Kang-kū

Bûn-hoà Iû-lám Tē-khu

Chhan-thiaⁿ

Oàt-lâm Liāu-lí

Ím-liāu

Mn̄g-lō̍

Bé Mi̍h-kiāⁿ

Bé Koé-chí

Oāⁿ-chîⁿ

Sò͘-jī kap Tan-uī

Gô-lo̍k

Phoà-pēⁿ

Kau Pêng-iú kap Kiat-hun

Kín-kip

hân trần
青草茶
hheⁿ-chháu-tê

trà atiso
a-ti-so
茶
a-ti-so tê

rà cung
ình Huế
順化宮庭茶
ūn-hòa
ông-kiong-tê

cà phê nâu (N)
cà phê sữa (S)
煉乳咖啡
gû-leng-ko
ka-pi

à phê phin
越式滴漏咖啡
át-lâm tih-sek
a-pi

cà phê đen
黑咖啡
oˈ ka-pi

hè | 甜湯 | Tiⁿ-thng

hè đậu xanh
綠豆甜湯
k-tāu thng

chè sương
sa hạt lựu
彩虹甜湯
chhái-sek
tiⁿ-thng

hè thập cẩm
綜合甜湯
hong-háp
ⁿ-thng

chè cốm
青糯米甜湯
chíⁿ-chùt-bí
tiⁿ-thng

hè sen
蓮子甜湯
ân-chí-thng

chè bưởi
柚肉甜湯
iū-á-bah
tiⁿ-thng

Nước | 果汁 | Kó-chiap

❗ **Sinh tố**：越南一種特殊飲料，是果子+牛奶膏+
冰塊+小寡椰奶 ká 做伙。

比如: **sinh tố + chanh**，就是檸檬牛奶。
真好啉，一定愛試看 māi！

❗ **Nước**：本來是水 ê 意思，後壁加果子就變成彼種
果汁。

比如：**nước + cam**，就是柳丁汁。越南果汁
lóng 是 chhiⁿ ê 水果現 ká--ê，無色素 o͘h！

sinh tố　　·水果牛奶　　·koé-chí gû-leng　　➕

nước　　·汁　　·chiap　　➕

cam 柳橙 liú-teng		**dừa** 椰子 iâ-chí	
xoài 芒果 soāiⁿ-á		**táo** 蘋果 phōng-kó	
dưa hấu 西瓜 si-koe		**chanh** 檸檬 le-bóng	
đu đủ 木瓜 bo̍k-koe		**chanh leo** 百香果 sî-kè-kó	

bơ
酪梨
a-bu-kha-lơ

dứa
鳳梨
ông-lâi

mía
甘蔗
kam-chià

mãng cầu xiêm
越南酸釋迦
Oa̍t-lâm sng-sek-khia

---

rượu | 酒 | chiú

rượu vang
紅酒
âng-chiú

bia Hà Nội
河內啤酒
Hô-lāi bih-luh

rượu gạo
米酒
bí-chiú

bia Sài Gòn
西貢啤酒
Sài Gòn bih-luh

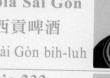

rượu nếp
糯米酒
chut-bí-chiú

bia 333
333啤酒
333 bih-luh

rượu thuốc
藥酒
io̍h-chiú

bia Tiger
老虎啤酒
Tiger bih-luh

bia hơi
生啤酒
ma-ma bih-luh

bia Halida
Halida啤酒
Halida bih-luh

bia Heineken
海尼根啤酒
Heineken bih-luh

rượu cần
竹枝酒

tek-ki-a chiú

| 其他 |

nước ngọt
汽水
khì-chúi

hoa quả dầm
水果冰
chúi-kó-peng

cô-ca
可樂
khoh-lah

sữa chua
優格
io͘-kô

seven up
七喜
seven up

sữa chua đánh đá
優格咖啡
io͘-kô ka-pi

sprite
雪碧
Sprite

sữa tươi
牛奶
gû-leng

bò húc
紅牛
âng-gû

sữa đậu nành
豆漿
tāu-leng

Memo

12 HỎI ĐƯỜNG
問 路
MN̄G-LŌ͘

⭐ **Xin lỗi, _____ (địa điểm) đi như thế nào ?**

· 請問_____(地點)怎麼走？

· Chhiáⁿ mn̄g _____(tē-tiám) beh án-choáⁿ kiaⁿ ?

▲ Từ thay thế ｜替換詞｜Gí-sû thè-oāⁿ

ngân hàng	銀行	gîn-hâng
khách sạn	旅館	pn̄g-tiàm
bưu điện	郵局	iû-kio̍k
siêu thị	超市	chhiau-kip chhī-tiûⁿ
ga tàu	火車站	chhia-thâu
hồ Hoàn Kiếm	還劍湖	Hoân-kiàm-ô͘
văn phòng Đài Bắc	台北辦事處	Tâi-pak pān-sū-chhù

Phương hướng ｜方 向｜Hong-hiòng

rẽ trái
左 轉
tò-oat

rẽ phải
右 轉
chiàⁿ-oat

ngã ba
T字路口
sam-chhe-lō͘

ngã tư
十字路口
sip-jī lō͘-kháu

đi thẳng 直 走 tit-kiân		bùng binh 圓 環 îⁿ-khoân	
quay lại 迴 轉 sėh-hoan-thâu		đường một chiều 單行道 tan-hêng-tō	

bên trái 左 邊 tò-pêng | bên phải 右 邊 chiàⁿ-pêng

⭐ **Đi bộ có xa không?**
- 走路會很遠嗎
- Kiâⁿ-lō͘ kám ē chiok hng ?

⭐ **Đi bộ mất bao lâu?**
- 走路要多久
- Kiâⁿ-lō͘ ài goā-kú ?

⭐ **Xa lắm.**
- 很 遠
- Chin hng .

⭐ **Gần thôi.**
- 附近而已
- Kīn-kīn-á niā .

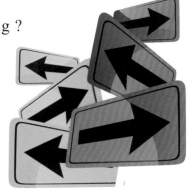

Đi bộ có xa không?

13 MUA ĐỒ
購 物
BÉ MỈH-KIĀⁿ

★ **Ở đây có** _____ ▲ (tên vật) **không ?**

· 這裡有賣_____ ▲ (物品)嗎 ?

· Chia ū bē_____ ▲ (bút-phín) bô ?

★ **Tôi muốn mua** _____ ▲ (tên vật).

· 我想要買_____ ▲ (物品)

· Goá siūⁿ beh bé_____ ▲ (bút-phín) .

▲ Từ thay thế │ 替換詞 │ Gí-sû thè-oāⁿ

nón (N) **nón lá**(S) 斗 笠 koe-lẻh		**ví** (N) **bóp** (S) 錢 包 phoê-pau-á	
khăn lụa 絲綢圍巾 si-á ām-kin		**tiền xu** 硬 幣 gîn-kak-á	
túi 手提袋 tē-á		**tem** 郵 票 iû-phiò	
đồ thêu 刺繡品 chhiah-siù		**áo dài** 越南長衫 Oát-lâm tńg-saⁿ	

áo phông (N)
áo thun (S)
T 恤
T-shirt

bưu thiếp
明信片
bêng-sìn-phìⁿ/
kng-phe

điếu cày
水菸筒
chúi-hun-
chhoe

nhạc cụ
dân tộc
傳統樂器
thoân-thóng-
gák-khì

bản đồ
地圖
tē-tô·

cà phê hòa
tan
即溶咖啡
sûi-iûⁿ ka-pi

hạt cà phê
咖啡豆
ka-pi-tāu-á

bánh đậu
xanh
綠豆糕
lék-tāu-ko

phin cà phê
咖啡濾器
ka-pi lī-poe

đàn T'rưng
竹琴
tek-khîm

đĩa nhạc　音樂光碟　im-gák CD
đĩa phim　電影光碟　tiāⁿ-iáⁿ VCD/DVD

⭐ **Cái này bao nhiêu tiền ?**

· 這個多少錢

· Chit ê goā-chē chîⁿ ?

⭐ | **Đắt** (N) |
| **Mắc** (S) | **quá!**

· 太貴了

· Siuⁿ kùi ah !

⭐ **Rẻ hơn một chút nhé !**

　· 便宜一點吧　　· Khah siok--sió-khóa !

⭐ **Tôi mua hai cái, giảm giá đi !**

　· 我買兩個，便宜一點啦

　· Goá bé nñg ê, sǹg khah siok--ê lah !

⭐ **Tôi không mua đồ Tàu.**

　· 我不買中國製的商品

　· Goá bô-ài bé Tiong-kok-chè ê mih-kiāⁿ.

⭐ **Được <u>mặc thử</u> không ?**

　· 可以<u>試穿</u>嗎　　· Ē-tàng <u>chhì-chhēng</u> bô ?

▲ Từ thay thế ｜ 替換詞 ｜ Gí-sû thè-oāⁿ

ăn thử 試吃 chhì chiah	**dùng thử** 試用 chhì iōng

⭐ **Mua nhiều thế, tặng cái này đi!**

　· 我買這麼多，送我這個吧

　· Goá bé chiah chē, chit ê sio sàng lah !

Từ bổ sung ｜ 補充詞 ｜ Gí-sû pó͘-chhiong

Màu sắc · 顏色 · Sek-chúi	
màu đậm　深色 chhim-sek	màu nhạt 淺色 chhián-sek
màu tối　　暗色 àm-sek	màu sáng 亮色 hiáⁿ--ê
màu sặc sỡ 花色 hoe--ê	màu trang nhã 素色 sò͘--

xanh da trời	藍	nâ--ê	đỏ	紅	âng--ê
tím	紫	kiô-á-sek	đen	黑	oʻ-sek
bạc	銀	gîn-sek	trắng	白	peh-sek
hồng	粉紅	chúi-âng-sek / hún-âng--ê			
vàng kim	金	kim-sek	vàng	黃	n̂g-- ê
xanh lá cây	綠	chheⁿ-sek	nâu	咖啡	ka-pi-sek
xám	灰	phú-sek	cam	橘	kam-á-sek

Hình dạng · 形狀 · Goā-hêng

hình vuông 正方形 sù-hong-chiàⁿ	hình ô-van 橢圓形 ah-nn̄g-hêng
hình tròn 圓形 îⁿ--ê	hình sao 星形 chhiⁿ-hêng
hình tam giác 三角形 saⁿ-kak-hêng	hình trái tim 心形 sim-hêng
hình chữ nhật 長方形 tn̂g-tu-heng	

Tính chất · 性質 · Sèng-chit

o	大	toā	bé	小	sè	dài	長	tn̂g
ngắn	短	té	rộng	寬	khoah	chật	窄	eh
ứng	硬	tēng	mềm	軟	nńg	dày	厚	kāu
nỏng	薄	póh	nặng	重	tāng	nhẹ	輕	khin

MUA HOA QUẢ (N)
TRÁI CÂY (S)
買水果
BÉ KOÉ-CHÍ

⭐ **Bao nhiêu tiền một**

cân (N)	ký (S)	?
quả (N)	trái (S)	

· 1

公斤
粒

多少錢

· Chit

kong-kin
liȧp

goā-chē chîⁿ ?

⭐ **Tôi lấy cái này.**

· 我要這個   · Goá beh chit ê.

⭐ **Tôi lấy**_____

cân (N)	ký (S)
quả (N)	trái (S)

· 我要_____

公斤
粒

· Goá beh_____

kong-kin
liȧp

⭐ **Có ngọt không ?**

· 會甜嗎   · Ē tiⁿ-- bô ?

⭐ **Ăn thử được không?**

· 可以試吃嗎   · Ē-tàng chhì-chiȧh--bô ?

⭐ **Chua quá!**

· 太酸了   · Siuⁿ sng ah !

Không ngọt lắm.
- 不是很甜
- Bô kài tiⁿ.

Thơm quá !
- 好香啊
- Chiok phang--ê !

Tôi tự chọn.
- 我自己選
- Goá ka-tī kéng.

Nhiều quá, thế thôi !
- 太多了，這樣夠了
- Siuⁿ chē ah, án-ne tiỏh hó !

Gọt vỏ giúp tôi.
- 幫我削皮
- Thè goá khau-phôe.

Đừng cân điêu! (N)
Đừng cân thiếu! (S)
- 不要亂秤
- Mài o·-pẻh chhìn hâⁿ !

Cân này có chuẩn không ?
- 這個磅秤有準嗎
- Chit-ê pōng-á ū chún--bô ?

Từ thay thế ｜ 替換詞 ｜ Gí-sû thè-oāⁿ

anh long 龍果 e-liông-kó	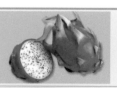
vải 荔枝 nāi-chi	
áng cụt 竹 n-thâu-kó	
mít 波羅蜜 pho-lô-bit	

vú sữa
牛奶果
gû-leng-kó

đu đủ
木 瓜
bók-koe

chôm chôm
紅毛丹
chhì-mơ-kó

táo (N)
bôm (S)
蘋 果
phōng-kó

chanh leo
百香果
sî-kè-kó

cam
柳 橙
liú-teng

dừa
椰 子
iâ-chí

quýt
橘 子
kam-á

xoài
芒 果
soāiⁿ-á

quất
桔 子
kiat-á

dưa hấu
西 瓜
si-koe

bưởi
柚 子
iū-á

lê
梨 子
lâi-á

dâu tây
草 莓
chhì-m̂

dứa (N)
thơm (S)
鳳 梨
ông-lâi

ổi
芭 樂
poát-á

nho 葡萄 phô-tô		**sầu riêng** 榴槤 liû-liân	
hồng 柿子 khī-á		**chuối** 香蕉 kin-chio	
đào 桃 thô-á		**dưa vàng** (N) **dưa lưới** (S) 哈密瓜 kim-mê-lóng	
roi (N) **mận** (S) 蓮霧 lián-bū		**hồng xiêm** (N) **sa-pô-chê** (S) 鳳仙/人心果 cha-bó·-lí-á	
mãng cầu **xiêm** 越南酸釋迦 Oa̍t-lâm sng- sek-khia		**na** (N) **mãng cầu** (S) 釋迦 sek-khia	
nhãn 龍眼 gêng-géng		**khế** 楊桃 iûⁿ-tô	

❗ Cam和 kam-á：越南話ê "cam" 是指 "綠皮柳橙"
（m̄-sī lán講ê kam-á），kam-á ê越南話叫做
"quýt"。

15 ĐỔI TIỀN
換 錢
OĀⁿ-CHÎⁿ

⭐ Tôi muốn đổi tiền . ⭐ _____ ▲ sang ▲ _____ .

· 我想要換錢　　　　　· _____ ▲ 換成 ▲ _____

· Goá siūⁿ-beh oāⁿchîⁿ.　· _____ ▲ oāⁿchò ▲ _____

▲ Từ thay thế │ 替換詞 │ Gí-sû thè-oāⁿ

đồng Euro 歐元 Euro	đô la Mỹ 美金 Bí-kim
tiền Việt 越盾 Oát-phiò	yên Nhật 日幣 Jìt-phiò

⭐ Tôi muốn $\frac{bán}{mua}$ Đài tệ .

· 我要 $\frac{賣}{買}$ 台幣　· Goá beh $\frac{bē}{bé}$ Tâi-phiò.

⭐ Tỉ giá bao nhiêu ?

· 匯率是多少　　　· Hoē-lùt sī goā-chē ?

⭐ Cho tôi một ít tiền lẻ.

· 給我一些小鈔　· Chhiáⁿ hō͘ góa 1 koá lân-san--ê

⭐ Xem lại đi, $\frac{thừa}{thiếu}$ rồi !

· 再確認一下吧，錢 $\frac{多}{少}$ 了

· Chhiaⁿ koh khak-jīn 1 pái, chîⁿ ū $\frac{ke}{kiám}$!

⭐ **Tờ này cũ quá, đổi tờ khác đi !**
 ・ 這張太舊了，換別張給我吧
 ・ Chit tiuⁿ siuⁿ kū ah, oāⁿ pat-tiuⁿ hō goá !

500,000 VND

200,000 VND

100,000 VND

50,000 VND

20,000 VND 舊

20,000 VND 新

❗ 越南中央銀行2003年才開始發行銀角仔，所以銀角仔 tī 越南猶無普遍 mā 無受歡迎喔！

10,000 VND 舊

10,000 VND 新

5,000 VND

銀角仔

2,000 VND

銀角仔

❗ Tī越南買物件ê時，若ài找1,000VND以下ê lân-san---ê, in tiāⁿ-tiāⁿ會用樹奶糖或是糖仔來取代銀角仔，這是真正常ê代誌，mài感覺奇怪喔！

1,000 VND

銀角仔

500 VND

銀角仔

200 VND

銀角仔

16 SỐ VÀ ĐƠN VỊ
數字與單位
SÒ͘-JĪ KAP TAN-ŪI

không	0	khòng / lêng			
một	1	chit	sáu	6	lák
hai	2	nn̄g	bảy	7	chhit
ba	3	saⁿ	tám	8	peh
bốn/tư	4	sì	chín	9	káu
năm/lăm	5	gō͘	mười	10	chap

một trăm	100	chit-pah
một nghìn	1,000	chit-chheng
mười nghìn	10,000	chit-bān
một trăm nghìn	100,000	chap-bān
một triệu	1,000,000	chit-pah bān
một tỉ	1,000,000,000	chap-ek
mười một	11	chap-it
mười lăm	15	chap-gō͘
hai mươi mốt	21	jī-it
hai mươi bốn/ hai mươi tư	24	jī-sì
hai mươi lăm	25	jī-gō͘

chín mươi chín	99	káu-chảp-káu
một trăm linh một	101	chit-pah khòng-it
một trăm linh bốn/ một trăm linh tư	104	chit-pah khòng-sì
một trăm mười	110	pah-it
một trăm mười một	111	chit-pah chảp-it
hai nghìn ba trăm bốn mươi lăm	2,345	nn̄g-chheng saⁿ-pah sì-chảp-gō͘
sáu triệu không trăm chín mươi ba nghìn năm trăm bảy mươi tám	6,093,578	lảk-pah khòng káu-bān saⁿ-chheng gō͘-pah chhit-chảp-peh

❶ Tī 越南0、10、1000
南北部ê講法有小可
無全哦！

	0	10	1,000
N	linh	mười	nghìn
S	lẻ	chục	ngàn

❶ 越南語ê"偌濟个"(bao nhiêu cái) kap"規个"(mấy cái) 分kah真清楚！若回答ê數量是10个以上，一定ài用bao nhiêu來問，10以下就用mấy來問。

⭐ **Bao nhiêu** người？
- 多少人
- Goā-chē lâng？

⭐ **Mấy cái**？
- 幾個
- Kúi ê？

▲ Từ thay thế │ 替換詞 │ Gí-sû thè-oāⁿ

cái	個（最基本的量詞單位）	ê
tuổi	歲（年紀）	hoè
lần	次（次數）	pái / piàn
con	隻／條 通常用於動物量詞， 如：狗、魚…	chiah
quả (N) **trái** (S)	顆 通常用於水果量詞， 如：蘋果、西瓜…	liàp
củ	顆 通常用於根莖類穀物量詞， 如：蘿蔔、番薯…	tiâu
tiếng	小時	tiám-cheng
giờ	小時/點	tiám-cheng/ tiám
phút	分鐘	hun-cheng
mét	公尺	kong-chhioh
ki-lô-mét/cây	公里	kong-lí
ngày	天	kang
tuần	週	lé-pài
tháng	月	kó-goèh
năm	年	tang / nî

❶ 咱lóng知影阿拉伯數字是全世界通用ê，但是其
實逐國ê寫法、特色有小可無仝喔！Tī這欲來分
享越南人1、7、9 ê寫法chhiáⁿ逐家看māi，是m̄是
真古椎leh！

越南寫法									台灣寫法		
1	2	3	4	5	6	7	8	9	1	7	9
1	2	3	4	5	6	7	8	9	1	7	9

Memo

GIẢI TRÍ
娛 樂
GÔ͘-LÓK

17

⭐ **Q1: Gần đây có chỗ nào chơi vui không ?**

· 附近有沒有好玩的地方

· Hū-kīn ū hó-sńg ê só͘-chāi--bô ?

⭐ **A: Gần đây có karaoke .**

· 這附近有KTV

· Hū-kīn ū KTV .

🔺 Từ thay thế │ 替換詞 │ Gí-sû thè-oāⁿ

quán mát-xa	按摩店	liáh-lêng tiàm
tắm hơi	三溫暖	sam-un-loán
tắm quất	越式按摩店	Oát-sek liáh-lêng tiàm
quán bi-a	撞球間	tōng-kiû-keng
bar	酒 吧	bar
vũ trường	舞 廳	bú-thiaⁿ
sàn bô-ling	保齡球館	pó-lêng-kiû koán
cắt tóc	理 髮	thì-thâu
gội đầu	洗 頭	sé-thâu
làm mặt	做 臉	bán-bīn

⭐ **Q2: Ở đây có mát-xa không ?**

· 這裡有沒有按摩的服務

· Chia kám ū teh liáh-lêng ?

A: Có, chúng tôi có mát-xa 　toàn thân / chân 　.

· 有，我們有 全身 / 腳底 按摩

· Ū, goán ū kui-seng-khu / kha-té ê liàh-lêng.

Q3: Giá tính thế nào ?

· 價格怎麼算　　　· Kè-siàu án-choá^n sǹg ?

A: Một tiếng _____ VNĐ.

· 1小時 ____越盾

· 1 tiám-cheng _____ Oàt-lâm-chî^n.

Q4: Có gồm tiền boa (tip) không ?

· 含小費嗎　　　· Kám-ū koah sió-hùi ?

Y: Có, tính cả vào rồi.

· 是，都包含了　　· Ū, í-kēng koah chāi-lāi ah.

N: Chưa gồm tiền boa.

· 未含小費　　　· Iáu-bē koah sió-hùi.

Q5: Tiền boa thường là bao nhiêu ?

· 小費通常該給多少

· Sió-hùi thong-siông ài goā-chē ?

A: Tùy tâm.

· 隨意　　　· Sûi-ì.

⭐ **Có phải mua vé vào cửa không ?**

· 要買門票嗎

· Ài bé mn̂g-phiò--bô ?

⭐ **Có được mang đồ vào không ?**

· 可不可以把東西帶進去

· Kám ē-sái chah mi̍h-kiāⁿ ji̍p-khì ?

⭐ **Một người phải trả ít nhất bao nhiêu ?**

· 有最低消費嗎

· Ū siōng-kē ê siau-hùi kim-gia̍h--bô ?

⭐ **Hôm nay có chương trình gì hay không?**

· 今天有什麼特別的節目嗎

· Kin-á-ji̍t ū siáⁿ-mi̍h te̍k-pia̍t ê chiat-bo̍k--bô ?

⭐ **Q6: Hôm nay chơi vui không ?**

· 今天好玩嗎

· Kin-á-ji̍t hó-sńg--bô ?

⭐ **A: Vui lắm !**

· 很好玩　　· Chin hó-sńg !

▲ Từ thay thế │ 替換詞 │ Gí-sû thè-oāⁿ

chán ơi là chán	無聊死了	bô-liâu kah beh sí
cũng được	還可以	iáu ē-sái lah
bình thường	差不多	phó͘-phó͘-á

⭐ **Tôi say rồi, gọi taxi giúp tôi.**

· 我醉了，幫我叫計程車

· Goá chùi ah, thè goá kiò kè-têng-á.

Từ bổ sung │ **補充詞** │ Gí-sû pó-chhiong

kem phim	看電影	khoàⁿ tiān-iáⁿ
nghe nhạc	聽音樂	thiaⁿ im-gák
hội chợ	展售會	siong-tián
triển lãm	展覽	tián-lám
chợ đêm	夜市	iā-chhī-á

越南路邊除了真濟"xe ôm"外，koh有真特殊ê生理人：路邊剃頭師！雖然是簡單、小小ê擔仔，m̄-koh服務猶原是真周到喔！剃頭毛、khau嘴鬚、鉸鼻毛、清耳屎，逐項lóng真講究、手路mā真幼neh！價數koh無貴，2011年ê時大約是15,000VND起跳～只是講...這支鼻毛鉸刀敢會傷大支ah！

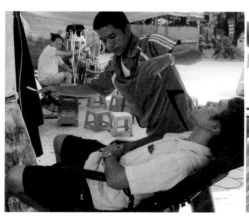
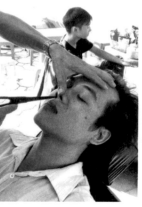

18 BỊ ỐM
生 病
PHOÀ-PĒⁿ

☆ **Gần đây có** bệnh viện **không ?**

· 附近有醫院嗎 · Hū-kīn ū pēⁿ-īⁿ--bô ?

▲ Từ thay thế ｜ 替換詞 ｜ Gí-sû thè-oāⁿ

phòng khám	診 所	i-seng-koán / chín-só͘
hiệu thuốc Tây	西藥房	se-io̍h-pâng

☆ **Tôi muốn** đi khám bệnh / mua thuốc .

· 我想 去看病 / 買藥 · Goá siūⁿ-beh khì hông khoàⁿ / bé io̍h-á

☆ **Tôi bị** ốm (N) / bệnh (S) .

· 我生病了 · Goá phoà-pēⁿ ah.

▲ Từ thay thế ｜ 替換詞 ｜ Gí-sû thè-oāⁿ

cảm cúm 感冒 kám-mō͘	ho 咳嗽 sàu
ngạt mũi 鼻塞 chat-phīⁿ	sốt 發燒 hoat-sio
đầy hơi 脹氣 phòng-hong	dị ứng 過敏 koé-bín
chảy máu 流血 lâu-hoeh	táo bón 便秘 pì-kiat
đi ngoài (N) / tiêu chảy (S) 腹瀉 làu-sái	có đờm (N) / có đàm (S) 有痰 ū thâ

chảy nước mũi	流鼻涕	lâu-phīⁿ-chúi
bệnh tim	心臟病	sim-chōng-pēⁿ
ù tai	耳鳴	hīⁿ-khang-háu
bệnh hen suyễn	氣喘	he-ku
bỏng (N)	燙傷	thǹg-siong
phỏng (S)		
nôn (N)	嘔吐	thò·
ói (S)		
tiểu đường	糖尿病	thn̂g-jiō-pēⁿ
cao huyết áp	高血壓	ko-hiat-ap
ngộ độc thức ăn	食物中毒	si̍t-bu̍t-tiòng-to̍k
say xe	暈車	hîn-chhia

基本發音

禮貌用語

會 嗎？

人稱代詞

機 場

自我介紹

旅 館

交通工具

旅遊景點

餐 廳

越南料理

飲 品

問 路

購 物

買水果

換 錢

數字與單位

娛 樂

生 病

交友與結婚

緊 急

⭐ **Tôi cảm thấy** buồn nôn.

· 我覺得反胃 · Goá kám-kak péng-pak .

🔺 Từ thay thế｜替換詞｜Gí-sû thè-oāⁿ

lạnh	冷	ùi-koâⁿ	**ngứa**	癢	chiūⁿ
nóng	熱	joa̍h	**đau**	痛	thiàⁿ
mệt mỏi	疲倦	thiám	**rát**	表皮刺痛	sīⁿ/ chha̍k-thiàⁿ
chóng mặt	頭暈	thâu-gông			
đau đầu	頭疼	thâu-khak-thiàⁿ			
đau mắt	眼疼	ba̍k-chiu-thiàⁿ			

⭐ **Tôi bị dị ứng với thuốc.**

· 我對藥物過敏 · Goá tùi io̍h-á koè-bín.

⭐ **Tôi đang mang thai.**

· 我正懷有身孕　· Goá chit-má ū-sin.

⭐ **Q6: Bạn nhóm máu gì ?**

· 你是什麼血型？　· Lí sī siáⁿ-mih hoeh-hêng ?

⭐ **A: Tôi nhóm máu ____ .**

· 我是 ____ 型　· Goá ê hoeh-hêng sī ____ .

⭐ **Một ngày uống thuốc 3 lần**  **khi ăn.**

· 每天飯 後前 吃3次

· Ta̍k-kang chia̍h 3 piàn, pn̄g āu/chêng .

⭐ **Mỗi lần uống ____ ▲ viên.**

· 每次吞____▲ 顆

· Ta̍k-pái thun ____ ▲ lia̍p.

⭐ **Nếu sốt thì uống gói này.**

· 如果發燒就吃這包

· Nā-sī hoat-sio tō chia̍h chit pau.

⭐ **Trước khi đi ngủ, uống gói này.**

· 睡覺前吃這包

· Beh khùn chìn-chêng chia̍h chit pau.

⭐ **Tôi sẽ về Đài Loan** $\boxed{\begin{array}{c} \text{chữa trị} \\ \hline \text{kiểm tra} \end{array}}$.

- 我會回台灣 $\boxed{\begin{array}{c} 治療 \\ \hline 檢查 \end{array}}$

- **Goá beh tńg-khì Tâi-oân** $\boxed{\begin{array}{c} \text{tī-liâu} \\ \hline \text{kiám-cha} \end{array}}$.

⭐ **Cho tôi lấy** $\boxed{\begin{array}{c} \text{giấy xét nghiệm} \\ \hline \text{hóa đơn} \end{array}}$ **bằng tiếng Anh.**

- 給我英語的 $\boxed{\begin{array}{c} 診斷書 \\ \hline 收據 \end{array}}$

- **Hō· goá Eng-gí ê** $\boxed{\begin{array}{c} \text{chín-toān-su} \\ \hline \text{siu-kù} \end{array}}$.

Từ bổ sung │ 補充詞 │ Gí-sû pó·-chhiong

nhập viện	住院	jıp-īⁿ	oxy già	雙氧水 kún-ioh-á
xuất viện	出院	chhut-īⁿ	truyền	打點滴 tiàu-tōa-tâng
cấp cứu	急救	kip-kiù	vitamin	維他命 bí-tha-bín
mổ	開刀	khui-to	uống thuốc 吃藥	chiah ioh-á
băng	繃帶	ho·-tái	phẫu thuật 手術	chhiú-sùt
gạc y tế	紗布	se-á-pò·	khẩu trang 口罩	chhùi-am
tập nhiệt độ		體溫計	tō·-chiam	
băng vệ sinh		衛生棉	oē-seng-mî	
tiêm (N)		打針	chù-siā	
chích (S)				
băng dán vết thương (N)		OK 繃	ok páng	
băng cá nhân (S)				

Từ bổ sung │ 補充詞 │ Gí-sû pó͘-chhiong

bao cao su	保險套	sak-khuh
		pó-hiám-thò
bông y tế	醫用棉花	i-liâu mî-á
cồn sát thương	醫用酒精	i-liâu chiú-cheng

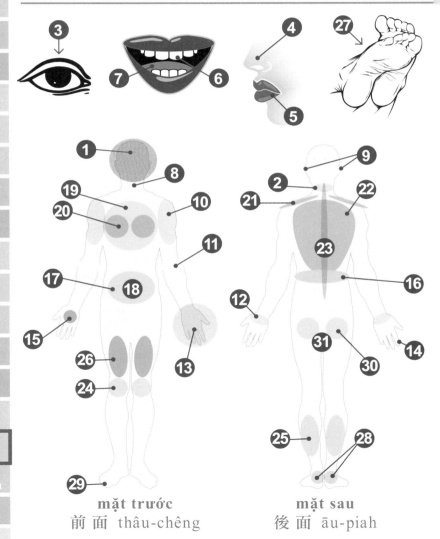

mặt trước
前面 thâu-chêng

mặt sau
後面 āu-piah

Từ bổ sung │ 補充詞 │ Gí-sû pó-chhiong

	đầu	頭 thâu	**19**	ngực	胸部 heng-khám	
	gáy	後頸 ām-kńg-āu	**20**	vú	乳房 leng-pông	
	mắt	眼睛 ba̍k-chiu	**21**	vai 肩膀 keng-kah-thâu		
	mũi	鼻子 phīⁿ-á				
	mồm (N) miệng (S)	嘴 chhùi	**22**	lưng 背部 kha-chiah-phiaⁿ		
	răng	牙齒 chhùi-khí	**23**	cột sống 脊椎 liông-kut		
	lưỡi	舌頭 chhùi-chi̍h	**24**	đầu gối 膝蓋 kha-thâu-u		
	cổ họng	喉嚨 nâ-âu	**25**	cẳng chân 小腿 kha-ē-thúi		
	tai	耳朵 hīⁿ-á				
10	bắp tay	手臂 chhiú-kut	**26**	đùi	大腿 toā-thúi	
11	khuỷu tay	手肘 chhiú-khiau	**27**	bàn chân 腳掌 kha-pô		
12	cổ tay	手腕 chhiú-chat	**28**	cổ chân 腳踝 kha-khū		
13	bàn tay	手掌 chhiú-bīn				
14	ngón tay	手指 chhiú-cháiⁿ	**29**	ngón chân 腳趾頭 kha-cháiⁿ		
15	lòng bàn tay 掌心 chhiú-sim					
			30	mông 屁股 kha-chhng-phoé		
16	eo	腰 io				
17	bụng	肚子 pak-tó	**31**	hậu môn 肛門 pùn-kháu		
18	rốn	肚臍 tō-châi				

19 KẾT BẠN VÀ KẾT HÔN
交友與結婚
KAU PÊNG-IÚ KAP KIAT-HUN

⭐ **Bạn tên là gì ?**

· 你叫什麼名字　　· Lí kiò siáⁿ-mih miâ ?

⭐ **Bạn bao nhiêu tuổi ?**

· 你幾歲　　· Lí kúi hoè ?

⭐ **Bạn làm nghề gì ?**

· 你的職業是什麼

· Lí chia̍h siáⁿ-mih thâu-lō ?

⭐ **Gia đình bạn có mấy người ?**

· 你家有幾個人　　· Lín tau ū kúi-ê lâng ?

⭐ **Quê bạn ở đâu ?**

· 你的家鄉在那裡　　· Lí ê kò͘-hiong tī tó-ūi ?

⭐ **Q: Bạn có** người yêu / gia đình **chưa ?**

· 你有 男/女朋友 / 家室 了嗎

· Lí kám-ū lâm/lú pêng-iú / ka-têng pêng-iú ah ?

⭐ **Y: Có, tôi có rồi.**　⭐ **N: Chưa, tôi chưa có.**

· 有了　　· Ū.　　· 還沒有　　· Iáu-boē.

⭐ **Q: Sở thích của bạn là gì ?**

· 你的興趣是什麼　　· Lí ê hèng-chhù sī siáⁿ-mih ?

⭐ **A: Tôi** | thích / không thích | **xem phim.**

· 我 | 喜 歡 / 不喜歡 | 看電影

· Goá | kah-ì / bô kah-ì | khoàⁿ tiān-iáⁿ.

▲ Từ thay thế ｜ 替換詞 ｜ Gí-sû thè-oāⁿ

xem tivi	看電視	khoàⁿ tiān-sī
đọc sách	閱 讀	khoàⁿ chheh
nấu ăn	做 菜	chú-chiảh
hát karaoke	唱KTV	chhiùⁿ KTV
chụp ảnh	拍 照	hip-siōng
vẽ tranh	畫 畫	oē-tô͘
nghe nhạc	聽音樂	thiaⁿ im-gảk
chơi thể thao	運 動	ūn-tōng
lên mạng	上 網	chiūⁿ-bāng
du lịch	旅 遊	iû-lám
trồng hoa	種 花	chèng-hoe
câu cá	釣 魚	tiò hî-á
đá bóng	踢足球	that kha-kiû
đánh cầu lông	打羽毛球	phah ú-mô͘-kiû
chơi bô-ling	打保齡球	lìn pó-lêng-kiû

chơi bi-a	打撞球	sńg tōng-kiû
chơi cờ tướng	下象棋	kiâⁿ-kî
chơi bài	玩撲克牌	ī pâi-á

⭐ Q: Anh có hút thuốc không ?

· 你有沒有抽菸　　　· Lí ū chiảh-hun bô ?

▲ Từ thay thế │ 替換詞 │ Gí-sû thè-oāⁿ

uống rượu	喝酒	lim-chiú
ăn trầu	吃檳榔	pō͘ pin-nñg
đánh bạc	賭博	poảh-kiáu

⭐ Y: Có.　　　　⭐ N: Không.

· 有　　· Ū.　　　· 沒有　　· Bô.

⭐ 男對女：Anh yêu em !

⭐ 女對男：Em yêu anh !

· 我愛你　　　　· Goá-ài-lí !

⭐ 男對女：Anh thích em lắm !

⭐ 女對男：Em thích anh lắm !

· 我喜歡你　　　　· Goá kah-ì lí.

▲ Từ thay thế │ 替換詞 │ Gí-sû thè-oāⁿ

| ghét | 討厭 | thó-ià | nhớ | 想念 | siūⁿ |
| phục | 佩服 | phoē-hók | sợ | 害怕 | kiaⁿ |

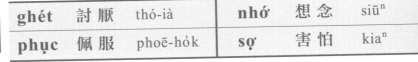

⭐ **Cho anh xin** số điện thoại **của em nhé!**

· 給我你的電話號碼吧

· Hō͘ goá lí ê tiān-oē hō-bé , hó--bô ?

🔺 Từ thay thế ｜替換詞｜Gí-sû thè-oāⁿ

địa chỉ	地址	tē-chí	**email**	電子郵件 email
facebook	臉書	facebook		

⭐ **Anh đưa em** đi uống nước **nhé !**

· 我帶你去喝飲料吧

· Goá chhoā lí khì lim liâng--ê !

🔺 Từ thay thế ｜替換詞｜Gí-sû thè-oāⁿ

đi chơi	去玩	khì chhit-thô
đi xem phim	去看電影	khì khoàⁿ tiān-iáⁿ
về	回去	tńg-khì
đi mua đồ	買東西	bé mi̍h-kiāⁿ

⭐ **Anh muốn đưa em về nhà gặp mặt gia đình anh.**

· 我想帶你回家和我家人見面

· Goá siūⁿ beh chhoā lí tńg-khì goán-tau kap goán chhù-lāi ê lâng kìⁿ-bīn.

☆ Tôi muốn đưa em về nhà | ăn cơm / nói chuyện | với gia đình.

· 我想帶你回家和我家人 | 吃飯 / 聊天

· Goá siūⁿ beh chhoā lí tńg-khì goán-tau kap goán chhù-lāi ê lâng | chia̍h-pn̄g / khai-káng .

☆ Q: Em muốn lấy chồng Đài Loan không ?

· 你想嫁給台灣人嗎

· Lí siūⁿ beh kè Tâi-oân-lâng--bô ?

☆ Y: Có.　　　　☆ N: Không.

· 想　　· Hó.　　　· 不想　　· Bô-ài.

☆ Giới thiệu | bạn gái / bạn trai | cho tôi.

· 介紹 | 女朋友 / 男朋友 | 給我

· Kài-siāu | lú-pêng-iú / lâm-pêng-iú | hō͘ goá.

☆ Q: Tôi thích trẻ con, còn em?

· 我喜歡小孩子，你呢

· Goá kah-ì gín-á, ah lí--leh ?

☆ Y: Có.　　　　☆ N: Không.

· 喜歡　· Kah-ì .　　　· 不喜歡　· Bô kah-ì .

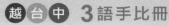
⭐ **Chúng mình kết hôn nhé !**

　・我們結婚吧　　　　・Lán kiat-hun, hó--bô?

⭐ **Em lấy anh nhé !**

　・嫁給我吧　　　　　・Kè--goá, hó--bô?

⭐ **Vợ chồng phải** <u>thương yêu</u> **nhau .**

　・夫妻要互相<u>疼愛</u>

　・Ang-á-bó͘ ài sio <u>thiàⁿ-thàng</u> .

🔺 Từ thay thế ｜ 替換詞 ｜ Gí-sû thè-oāⁿ

giúp đỡ	幫 助	tàu-saⁿ-kāng
chăm sóc	照 顧	chiàu-kò͘
nhường nhịn	忍 讓	thè-niū

⭐ **Vợ chồng không nên** <u>cãi nhau</u> **.**

　・夫妻不應該<u>吵架</u>　・Ang-á-bó͘ bô eng-kai <u>oan-ke</u> .

🔺 Từ thay thế ｜ 替換詞 ｜ Gí-sû thè-oāⁿ

đánh nhau	打 架	sio-phah
lừa dối nhau	互相欺騙	hō͘-siōng khi-phiàn

Từ bổ sung ｜ **補充詞** ｜ Gí-sû pó͘-chhiong

cô dâu	新 娘	sin-niû
chú rể	新 郎	sin-lông
đăng ký kết hôn	結婚登記	teng-kì kiat-hun
đám cưới	婚 禮	hun-lé
tuần trăng mật	蜜 月	bit-goa̍t

132

20 KHẨN CẤP
緊 急
KÍN-KIP

⭐ **Giúp tôi với !**
· 幫我個忙   · Chhiáⁿ kā goá tàu-saⁿ-kāng.

⭐ **Cứu tôi với !**
· 救命啊   · Kiù lâng o͘h!

⭐ **Gọi điện báo công an đi !**
· 快打電話報警   · Kín khà tiān-oē pò-kèng.

⭐ **Giúp tôi gọi xe cấp cứu.**
· 幫我叫救護車   · Thè goá kiò kiù-hō͘-chhia.

⭐ **Cháy !**
· 失火了   · Hoé-sio ah !

⭐ **Cướp !**
· 搶 劫   · Chhiúⁿ-kiap !

⭐ **Móc túi !**
· 扒 手   · Chián-liú-á !

⭐ **Ăn trộm !**
· 偷 竊   · Thau-the̍h !

⭐ **Bắt lấy nó !**
· 抓住他   · Kā i lia̍h leh !

⭐ **Tôi bị** <u>đánh</u> .

  · 我被<u>打</u>

  · Goá hông <u>phah</u> .

🔺 Từ thay thế | 替換詞 | Gí-sû thè-oāⁿ

| cướp | 搶 | chhiúⁿ | lừa | 騙 | phiàn |

⭐ **Tôi bị mất** <u>hộ chiếu</u>.

  · 我的<u>護照</u>不見了

  · Goá ê <u>hō͘-chiàu</u> bô-khì ah.

🔺 Từ thay thế | 替換詞 | Gí-sû thè-oāⁿ

| điện thoại | 手機 chhiú-ki-á | hành lý | 行李 hêng-lí |
| ví tiền | 錢包 phoê-bao-á | máy ảnh | 相機 siòng-ki |

⭐ **Tôi bị tai nạn** xe máy / xe ôtô .

  · 我被 機車 / 汽車 撞了　· Goá hō͘ o͘-tó͘-bái / chhia lòng--tio̍h.

⭐ **Đừng lo lắng !**

  · 不要擔心

  · Bián hoân-ló!

⭐ **Đến** Đại sứ quán / đồn công an **giải quyết.**

  · 到 大使館 / 警察局 處理　· Khì tāi-sài-koán / kéng-chhat-kio̍k chhú-lí.

❗ **Văn phòng Kinh tế Văn hoá Đài Bắc tại Hà Nội, Việt Nam** (phụ trách các khu vực từ Huế trở ra)
台灣駐越南河內市台北經濟文化代表處

21st Floor PVI Building, 1 Phạm Văn Bạch,
Yên Hoà, Cầu Giấy, Hà Nội
Tel: (024)3833 5501~05
當地緊急電話: 0913-219-986
https://www.taiwanembassy.org/vn/index.html

❗ **Văn phòng Kinh tế Văn hoá Đài Bắc tại Tp. Hồ Chí Minh** (phụ trách các khu vực từ Đà Nẵng trở vào)
台灣駐越南胡志明市台北經濟文化代表處

336 Nguyễn Tri Phương, Phường 4, Quận 10,
Hồ Chí Minh
Tel: (028) 3834 9160 ~ 65
當地緊急電話: 0903-927-019
https://www.roc-taiwan.org/vnsgn/

❗ 請讀者們隨時自行更新代表處資訊！

Memo

基本發音

禮貌用語

會 嗎？

人稱代詞

機 場

自我介紹

旅 館

交通工具

旅遊景點

餐 廳

越南料理

飲 品

問 路

購 物

買水果

換 錢

數字與單位

娛 樂

生 病

交友與結婚

緊 急